COLLECTION FICTIONS

Le Premier mouvement de Jacques Marchand
est le onzième titre de cette collection
publiée à l'HEXAGONE.

DU MÊME AUTEUR

Claude Gauvreau, poète et mythocrate,
essai, VLB Éditeur, 1979.

Miss Emily et la Mort,
traduction de poèmes de Michael Harris,
VLB Éditeur, 1984.

JACQUES MARCHAND

Le Premier mouvement

roman

l'HEXAGONE

Éditions de l'HEXAGONE
900, rue Ontario est
Montréal, Québec
H2L 1P4
Téléphone: (514) 525-2811

Maquette de couverture:
Jean Villemaire

Illustration de couverture:
Perry Mastrovito

Photographie de l'auteur:
Claudio Calligaris

Photocomposition:
Atelier LHR

Distribution:
Québec Livres
4435, boulevard des Grandes Prairies
Saint-Léonard, Québec
H1R 3N4
Téléphone: (514) 327-6900
Zénith: 1-800-361-3946

Réplique Diffusion
66, rue René-Boulanger
75010 Paris, France
Téléphone: 42.06.71.35

Dépôt légal: deuxième trimestre 1987
Bibliothèque nationale du Québec
Bibliothèque nationale du Canada

*Méfiez-vous des premiers mouve-
ments parce qu'ils sont bons.*

Attribué à Talleyrand

*On aurait pu le croire, dans cette
rivalité, dirigé uniquement par un
désir fantasque de me contrecarrer,
de m'étonner, de me mortifier...*

Edgar Allan Poe, *William Wilson*

Une femme s'esclaffa, parmi les bruits parasites de la ligne. Puis elle lança quelques mots que je ne compris pas, trop brouillés, en espagnol je pense, sur un ton à la fois allègre et tranchant. Le ton d'une femme qui veut entendre la vérité. Sans doute parlait-elle à un homme. Mais rien ne filtrait de cet interlocuteur. Il se contentait d'écouter, peut-être notre conversation à nous.

Marc me demanda si j'étais toujours là. Je me surpris à songer que la voix de mon frère, que je n'avais pas entendue depuis quatre ans, commençait à vieillir — ses inflexions, son timbre — dans le même sens que la mienne. Le gérant du restaurant vint me dire de faire vite, de retourner travailler. Comme je ne lui répondais pas, Marc se mit à répéter, en riant, le nom que le gérant avait prononcé, le nom que je porte en Floride. Il s'en amusa assez longuement au bout du fil pendant que cinq de mes clients réclamaient leur addition.

Le jour s'est levé, à mon insu, un éclat entre deux stries de nuages à l'horizon. J'ai entrouvert la fenêtre de ma chambre. L'air du dehors est encore frais mais le pire — le tremblement d'effroi de l'aurore — est passé, cette longue minute pendant laquelle la mer presque noire encore étale toute sa fatigue de se laisser regarder. Une femme fait courir son chien, au poil aussi roux que la

9

lumière. Elle balaie la plage du regard, ramasse des débris de coquillages avec des gestes d'acheteuse dans un magasin. Au loin, dans la courbure de la baie, les vitres des immeubles et des tours brillent.

Cette petite chambre juste au-dessus de la plage me coûte presque tous mes pourboires. Quatre murs sans image, une commode, la petite table et le téléviseur volés, deux chaises, le grand lit dur où chaque matin, dès que le soleil se lève, je m'efface pour six ou sept heures. Je n'ai rien d'autre. À part Suzanne, qui ne m'appelle plus que de loin en loin. À part Marc maintenant, après quatre ans de trêve, le frère unique dont je me croyais à l'abri mais qui, encore une fois, arrive à m'atteindre. Il me touche à distance comme les enfants que je peux entendre, lorsque je me retourne dans mon sommeil, crier, jouer dans la clarté brûlante derrière le store.

Pas question de dormir aujourd'hui. D'ailleurs, je ne sens plus ma fatigue, elle se change en nervosité. L'effet de l'alcool bu tout à l'heure avec les autres serveurs se dissipe aussi. Après le départ des cuisiniers, des derniers clients et du barman, nous nous installons à cinq ou six dans un coin du restaurant autour d'une bouteille de cognac subtilisée. Nous parlons, d'argent surtout, jusqu'aux premières lueurs. Je n'y crois pas, je ne crois pas qu'un seul d'entre nous risque vraiment d'en avoir un jour, mais je parle d'argent moi aussi.

Ce rôle de serveur, après quatre ans, je n'ai plus à le jouer, je le deviens. Je porte le pantalon, la chemise de l'emploi, et les sourires que je dois faire aux clients ne sont jamais tout à fait faux. L'art de se montrer à la fois poli et familier, de bonne humeur et réservé, ce n'est pas rien. Au début, je trouvais les clients imbéciles d'arriver en meute à heures fixes. Comme les aides-cuisiniers, je saupoudrais à l'occasion de minuscules déchets sur les aliments. Mais

10

d'une année à l'autre, à mesure que s'épuise tout ce qui les tenait attachés les uns aux autres, les vacanciers et même les retraités sont de moins en moins antipathiques. Je ne peux pas dire que je les aime mais ils ne m'indiffèrent plus. C'est ce qui me vient à l'esprit lorsque je passe près de la piscine d'un hôtel et que j'entends, au creux d'un instant d'accalmie, les bras ou les jambes qui battent l'eau. Ou lorsque je vois un visage huilé se crisper, tendu vers le ciel.

Parfois, sans le vouloir, je traverse l'arrière-plan d'une photo de vacanciers. Il s'agit quelquefois de gens que j'ai servis. Ils hésitent une seconde avant de montrer qu'ils me reconnaissent, se demandent si je suis aussi gentil dans la vie qu'au restaurant. Puis ils acceptent, un peu gênés, que je reprenne la photo pour eux.

À l'heure où je me lève pour descendre sur la plage, juste avant d'aller travailler, ils remontent presque tous vers leurs chambres, aussi bien les jeunes que les vieux, assommés de soleil. Un vent fin, presque imperceptible, nettoie alors la petite brume laiteuse du jour. Leurs pupilles se dilatent, on dirait une sorte de panique. Aperçoivent-ils tout à coup le gouffre de temps libre s'ouvrant devant eux ou viennent-ils de constater qu'ils ne guériront pas de leur vie? J'observe de plus près encore, en les croisant, ceux qui marchent comme moi dans l'eau mince, le pantalon retroussé au-dessus de leurs pieds blêmes. Ils ne savent pas plus que moi comment arriver à s'y retrouver devant elle, la mer — «the Ocean», disent-ils. Nous croyons sentir sous nos pieds la morsure de ce qui repose enfoui dans le sable depuis la nuit des temps, troncs d'arbres, ossements, mâts, objets de culte, peut-être rien. Face aux spirales des coquillages brisés s'enroulant dans celles des vagues qui s'effondrent, chacun ne peut que reprendre et retourner les idées élémentaires: la mer me dépassera jusqu'à la fin, je n'arriverai jamais à en faire le tour, à me détacher de l'horizon du pensable une seule fois dans ma vie. L'échelle humaine est trop courte.

Lavés, parfumés, habillés de vêtements aussi pâles et légers que du papier, ils font leur entrée pour le repas du soir en parlant à voix basse. Quelques-uns portent dans leurs bras un petit, vite captivé par un de ses pareils, bien sanglé dans une chaise haute, quatre ou cinq tables plus loin.

Je suis le moins jeune des serveurs. Tous les autres ont encore des faces d'étudiants. La mienne commence à se ramollir et à se caoutchouter. J'ai peu d'espoir d'arriver à gagner ma vie autrement, de devenir gérant par exemple. Les propriétaires du restaurant, deux Cubains exilés, se méfient de moi depuis le début. Ils ont pourtant l'habitude des statuts incertains, ils en profitent même. Ils ne sont pas du genre à poser des questions. Peut-être se doutent-ils que je me sers un peu chaque nuit en faisant ma caisse.

Sa voix cette nuit, la voix de Marc, a ranimé l'envie de fuir encore une fois, un peu plus au sud. Toute la côte de la Floride n'est qu'une longue ville sans limite dont l'on s'éclipse plus facilement qu'ailleurs, une chaîne interminable d'hôtels et de condominiums où ne font que passer des couples et des retraités interchangeables. Il n'y a que les Noirs, échoués discrètement dans les marais, qui restent. Pour refaire les lits.

Il a téléphoné vers minuit. L'appareil qui sert au personnel se trouve dans un renfoncement du mur au milieu du passage qu'empruntent à tout moment les aides-cuisiniers pour sortir les sacs d'ordures. L'odeur du plancher chamarré de graisse et parsemé de feuilles de laitue brunie incite à fumer. Le carré de moquette collé au mur derrière le téléphone s'est au fil des ans criblé d'arabesques exécutées à la pointe de cigarette.

Je lui demandai ce qu'il me voulait. Il m'annonça sa libération conditionnelle. Même si on lui défendait de quitter Montréal, il comptait s'arranger pour me rejoindre

12

ici. Je ne savais pas si je devais croire qu'on l'avait relâché. Non, vraiment, ce n'est pas à cela que je pensais. Je voulais savoir comment il avait réussi à me trouver. Puis je devinai qu'il avait effrayé, talonné Suzanne, qu'il l'avait mise au pied du mur. Il l'avait certainement menacée — mais de quoi?

Je lui demandai de nouveau ce qu'il me voulait. Il rit: «J'ai le goût de voir des palmiers. J'en ai pas assez vu la dernière fois.» Puis: «Écoute.» Il prit un ton que je ne lui connaissais pas pour me proposer un nouveau coup, encore plus audacieux que ceux qui avaient mené à son incarcération. Je n'avais aucune intention de l'écouter parler de la sorte, au beau milieu des bruits et des bribes de conversations qui traversaient la ligne. Je voulus savoir s'il avait pris quelque chose, ou s'il était soûl, mais ma voix mourut avant la fin de ma phrase. Je venais de reconnaître ce qui en lui était plus fort que lui, le réflexe de s'aveugler face au danger et le besoin de me mêler toujours plus à ses histoires. Le projet insensé qu'il continuait à me débiter n'était évidemment qu'un prétexte. Il ne me dirait pas ce qu'il attendait vraiment de moi. Je tenais dans ma main libre le couvercle à champignon du sucrier fêlé qui traîne depuis toujours près du téléphone. Je commençais déjà à retourner dans ma tête le projet de disparaître; je n'avais plus rien ni personne d'autre à fuir que lui. Mais fuir pour aller où?

13

Ce n'est pas d'hier que Marc cultive le don de faire peur, par la bande ou par contrecoup, comme s'il avait l'esprit ailleurs. Il a commencé à inquiéter Suzanne dès le jour où il a mis les pieds pour la première fois dans notre appartement, il y a un peu plus de quatre ans. Il s'y est installé sans y être invité. Je n'ai jamais su pourquoi les parents l'avaient mis à la porte. Il ne voulait pas parler de cela, ni de son emploi du temps, ni de ce qu'il avait envie de faire. En fait il ne nous parlait presque pas. Il sortait le jour et s'enfonçait la nuit dans le sofa noir du salon. On aurait dit qu'il avait fait exprès d'échouer chez nous au pire moment, juste quand je me préparais à partir. Suzanne et moi, nous nous étions épuisés mutuellement pendant deux ans, examinés sous toutes nos coutures, jusqu'à les rompre. Nous venions de trouver le moyen de sortir en douce chacun de la vie de l'autre.

Je ne voulais voir que du vide dans le visage de Marc. Il me regardait comme on regarde une horloge. Et Suzanne parlait d'une tension quelque part entre ses yeux et la peau lisse de sa mâchoire. La tension se voyait puis disparaissait, comme si elle cherchait le point où se fixer. Il était impensable, aussi bien pour moi que pour qui que ce soit, de toucher le visage de Marc, de mettre le doigt sur ce qui pouvait provoquer cela.

J'étudiais chaque jour le banc de neige coincé entre le

devant de l'auto et la balustrade du balcon. Il n'avait pas été piétiné de tout l'hiver et il survivait maintenant aux pluies du printemps. L'air gris, quelques mois, ce lieu, rien d'autre, en avaient fait ce qu'il était: un amas lumineux de gros sel coiffé d'une croûte de glace craquelée mais coriace. Je me réchauffais avec l'idée de m'en aller seul dans le monde, affranchi du brouillage humain. Le petit contrat de recherche que me refilait un ami de Suzanne me donnait l'impression, après des mois sans travail, que toutes mes fades années d'études allaient enfin commencer à me servir. Le sujet n'avait pas de quoi m'emballer mais je n'en avais rien laissé paraître en parcourant les documents. C'était bien payé. C'était surtout l'occasion, enfin, de partir. Je ne connaissais pas la petite ville des Montagnes Blanches où se trouvaient les archives que je devais dépouiller. J'imaginais des rues étroites, un petit centre commercial aussi. Je pourrais, après quelques heures de travail facile au milieu d'une grande pièce claire, me promener au hasard dans les sentiers des montagnes appalachiennes. L'arrivée de Marc ne me permettait pas de pousser cette rêverie beaucoup plus loin. Il était inconcevable de le laisser vivre avec Suzanne, ils se détestaient presque ouvertement. Suzanne redoutait son flair, la facilité avec laquelle il pouvait repérer les faiblesses des autres. Elle ne lui pardonnait surtout pas de ne rien faire pour atténuer le malaise qu'elle ressentait devant lui. Même la beauté de Marc n'était à ses yeux qu'une sorte d'attrape. Lui se moquait d'elle à l'occasion, comme s'il lui en voulait de ne pas lui permettre, même un seul instant, d'exercer son charme sur elle. Je ne pouvais faire autrement que d'inviter mon frère à m'accompagner.

Le matin du départ, le plancher de l'appartement renvoyait une lumière frisante, s'assombrissait un moment puis s'illuminait de nouveau avec violence. Assise à sa

16

table de verre, Suzanne signait des chèques et déchirait des enveloppes à fenêtre. Elle se massait la nuque, fumait et jetait de temps à autre, par-dessus son épaule, un coup d'œil au téléviseur. Je ne la voyais que de dos. Elle regardait la bande d'une émission spéciale qu'elle avait animée. J'étais gêné chaque fois que je la voyais à la télévision, en gros plan, s'adressant à la caméra, la peau plus rose ou plus granulée que dans la vie. Je cédais presque toujours à l'impulsion de regarder ailleurs, par exemple les centaines d'orifices minuscules de la plaque métallique dissimulant le petit haut-parleur, ou le poudroiement de la lumière colorée sur le tapis. J'étais gêné surtout en l'écoutant lancer son âme dans le vide avec une générosité un peu mielleuse et presque maternelle qui lui ressemblait si peu. Lorsqu'elles devenaient tout à coup plus familières, réelles, ses inflexions me désespéraient. Les mots qu'elle prononçait, choisis à dessein dans le catalogue des idées courantes, faisaient trop injure à tout ce qu'elle était. Tout nu, je me rasais en ne la voyant que de dos. Elle avait ma robe de chambre sur les épaules, je la lui laissais.

Marc s'occupait du moteur de l'auto. Il ne s'était pas couché, rétif à l'idée de s'arracher au sommeil si tôt le matin.

Une botte de cuir encroûtée, des gants finis, quelques échantillons de tuile, un cric déglingué, des débris rouillés, du gros sel répandu, il fallait vider le coffre avant de le remplir. Suzanne ayant décidé de s'acheter une nouvelle auto, je pouvais esquinter celle-ci jusqu'à son dernier râle.

Le vent transformait en guirlandes, sur un affleurement d'asphalte sec, le ruban mince d'une cassette débobinée. Chaque fois que j'entrais, sortais avec une boîte ou une valise, j'apercevais de biais l'alignement parfait des façades, jusqu'à très loin, au bout de la rue. Les couleurs et les textures des briques variaient un peu d'une maison à l'autre, mais elles s'étaient agglutinées pour ne former qu'une seule muraille infrangible, haute de trois étages.

Marc rentra pour enlever les taches de graisse sur ses mains, puis ressortit tout de suite dans le froid. Il attendait le moment de partir. Ses bagages étaient déjà sur le siège arrière de l'auto, une couverture rouge et le sac de toile qu'il n'avait pas complètement déballé depuis son arrivée. Il me regardait, souverain, les mains dans les poches de sa veste. Il souriait presque, il avait l'air de me trouver drôle avec ma caisse de livres et de documents. Des niaiseries, sans doute, à ses yeux. Depuis quelques années, en fait depuis le début de mes études à Montréal, nous avions usé de toutes sortes de petits stratagèmes pour éviter de nous retrouver face à face plus de quelques minutes à la fois. Et même lorsque nous nous étions entrevus de la sorte, en coup de vent, il n'y avait eu entre nous que du silence et des phrases faussement désinvoltes, comme si tout allait de soi.

Il avait dix-sept ans, sept ans de moins que moi, et il ne lui manquait plus un seul des gestes de la virilité d'apparat, la manière un peu appuyée de marcher, de tourner la tête, de soulever un objet, ces attitudes dont chacun a l'impression d'inventer le répertoire à son tour. Pour ma part j'avais laissé ces attitudes s'émousser une à une en me rendant compte de l'ironie indulgente de Suzanne à leur endroit. Maintenant Marc les reprenait toutes. Un de ses pieds s'agitait au rythme d'une musique inexistante. Les images que je me projetais par moments de la promiscuité du voyage m'inquiétaient et pourtant j'étais heureux de l'inviter, de lui donner quelque chose, attiré par cette part de lui qui s'affirmait de plus en plus et qui m'échappait.

Des écoliers se pourchassaient en se crachant dessus, au visage ou dans le dos. Un peu plus loin, en traversant la rue, un employé de la ville frappa dans ses mains avec vigueur, une seule fois. Il alla retourner l'amas conique d'une terre qui, n'ayant pas vu le soleil depuis longtemps, blanchissait en séchant près de la fosse évidée d'une borne-fontaine.

18

Suzanne ne voulait pas s'habiller juste pour venir faire ses adieux sur le trottoir. Il s'agissait surtout pour elle, je m'en doutais bien, de rester loin de Marc et d'éviter de subir une accolade vite tournée en dérision. Dans le corridor de l'appartement, elle avait — ce que je craignais depuis mon réveil — sa voix la plus fatiguée, brisée. Le temps s'était mis à se dilater, à donner méchamment du relief au grain de chaque seconde. Ses yeux renfonçaient depuis quelques semaines. Une veine, ou une ligne de suture du crâne, devenait visible sous la peau fine de son front, se perdait dans les mèches blondes qu'une main nerveuse ou excédée avait affolées en tentant de les rabattre vers l'arrière. Elle me regardait sans me regarder. Je ne savais pas quand je reviendrais. Non, je savais que je ne reviendrais pas. Je promis de téléphoner toutes les semaines, ne trouvant rien d'autre à dire. Nous nous sommes embrassés rapidement, presque comme des inconnus, puis je la laissai avec son sourire amer ou désolé, l'odeur de son cou, le flap-flap léger de ses pantoufles au milieu de l'appartement.

La lumière sauvage du matin heurtait les tours à bureaux, rebondissait sur les piétons, accentuant chacun des plis de ces visages aussi vulnérables que fermés, encore barbouillés de sommeil. Marc s'endormait dans la chaleur relative, malgré les secousses de l'auto et malgré le vacarme d'un camion qui nous suivait, à peine assourdi par les vitres relevées. Une fois, je freinai par à-coups, juste pour le voir froncer les sourcils dans son demi-sommeil, lui faire cogner quelques clous durs. Un homme que je voyais partout — je ne savais pas qui il était, mais je le croisais dans toutes sortes d'endroits — traversait le boulevard, les montures d'argent de ses lunettes lui enserrant la tête: je ne le reverrais plus! Je me figurai un accident pour qu'il ne s'en produise pas, je pensai à la douleur suffocante, à nos morceaux de corps ensanglantés projetés tout autour. Pour que la conjuration soit efficace, il fallait que je m'arrête au moins un instant sur chaque objet, sur les masses enfoncées, la tôle tordue, la portière intacte, miraculée, le sable de verre partout, le réflecteur d'un phare pendant au bout de son fil, désorbité dans le silence incongru, la roue avant tournant à vide.

Deux femmes âgées s'immobilisèrent, pour parler, au milieu d'un flot de piétons. La plus trapue des deux avait un visage de buffle maquillé. Lorsqu'elle bougea et me tourna le dos, je vis que ses cheveux, presque bleus, se séparaient en deux lobes de boucles serrées, cervicales.

Nous passâmes au-dessus d'une tranchée de chemin de fer et je tournai la tête pour apercevoir à l'horizon le point de fuite des rails et éprouver la rondeur de la terre. Aux abords de l'autoroute, je me surpris à apprécier les emmêlements de pancartes et aussi les arbres en bordure, le vert noir des pins éparpillés dans les montagnes encore sans feuilles. Suzanne devait être occupée à grignoter ou à se préparer pour le bureau.

Je plante mon nez dans ses cheveux en brosse, noirs et piquants. Je viens d'avoir onze ou douze ans; Marc doit donc avoir cinq ans. Il secoue la tête en tous sens, essaie de se délivrer, mais je le retiens par les épaules. Il ne veut plus entendre qu'il sent le bébé. Pourtant c'est vrai. Il sent le bébé, et un peu le jus de raisin. Je le relâche et il court faire claquer les portes à claire-voie de la cuisine. Il n'y a personne à part nous deux dans la maison. J'ouvre la porte de devant.

L'endroit où nous vivons se métamorphose déjà en un amalgame de banlieue et de zone industrielle. Les arbres bruissent doucement. La rivière, presque morte, coule juste derrière la maison et de longs boisés, des forêts à nos yeux, morcellent des champs pour la plupart abandonnés. Il y a toujours des vaches cependant, tout près. Marc sort de la maison, vient me retrouver au bord de la route fraîchement asphaltée.

Une auto arrive enfin, en trombe. Je fonce à pleine vitesse, je me lance. Je me jette devant et le conducteur n'a même pas le temps de klaxonner. Un freinage cru, asphyxié. Puis l'homme commence à hurler de rage en s'étouffant. Cela ne me désarçonne pas, c'est ce qu'ils font toujours. Je continue de courir en jetant un regard aussi absent que méprisant par-dessus mon épaule. C'est un gros. Accroupi derrière un arbre, Marc verra son visage dépérir. Il m'ap-

prendra que le gros s'est par la suite épongé le front avec un Kleenex, massé les tempes. Il est resté immobile pendant quelques secondes, blême, sans doute occupé à retrouver son souffle avant de se remettre en route.

Avec la pointe d'un bâton, je frappe des mottes de gazon dru semblables à du cuir chevelu. Un coup de vent nous fait lever la tête. Je traverse la route pour attendre Marc de l'autre côté.

En voilà une autre qui roule à tombeau ouvert. Une cigarette jetée ricoche en grappes d'étincelles. Je crie, je lui crie de traverser.

Une fois la frontière passée, je l'ai laissé conduire. Il n'avait pas de permis, mais prétendait avoir appris avec la vieille camionnette d'une de ses amies. La route avait l'allure innocente d'un manège et nous étions presque seuls. L'auto se mit tout de suite à bondir par à-coups, éperonnée. J'avais beau lui crier de ralentir, Marc continuait à fond de train, comme s'il avait décidé de mourir dès la première occasion. Je le frappai dans les côtes, légèrement, tout en continuant de crier. Il changea de voie, dépassa un camion-citerne et obliqua enfin, mais à une vitesse de fou, vers l'accotement caillouteux. Il freina en faisant lever une nuée de poussière. Je repris le volant en refusant de discuter. Impossible de savoir s'il avait décidé de s'en offusquer ou de passer outre. Il s'absorba de nouveau, très vite, dans le demi-sommeil.

Au creux de ses courbes sans fin, la route ne semblait s'accrocher qu'au vide entre les hautes parois rocheuses et la plaine inondée en contrebas, où trempaient des buissons, des îlots de longues herbes et des rangées de poteaux. À la radio, le lecteur de nouvelles devenait inaudible; Montréal se dissolvait derrière nous. Je fermai le poste. Toutes les habitudes pouvaient se perdre, tout devenait possible. Cette impression prit tout à coup une importance considérable, occupa l'espace entier devant moi. Puis Marc bougea, se redressa et l'odeur du cuir de sa veste redevint présente.

Il ouvrit les yeux par moments, se sourit à lui-même. Trois ou quatre autos à la file nous croisèrent sur l'autre voie; les pare-brise m'aveuglèrent en renvoyant le soleil. Pour dire quelque chose, j'attirai son attention sur les strates sédimentaires qui couraient le long des parois, grimpaient, s'inclinaient, se tordaient avant de s'enfoncer dans le sol. Je déclarai que c'était probablement du schiste. Il rit de moi entre ses dents, en s'étirant. Tout ce qui pouvait trahir la moindre érudition déclenchait chez lui un réflexe d'orgueil soupçonneux. Je l'écœurais avec mes mots. Il se retourna pour mieux détailler une roulotte oblongue et argentée, aux rideaux entrouverts. Il ralluma le poste, chercha de la musique. Je fus interrompu, comme j'ouvrais la bouche de nouveau, par une meute d'enfants prisonniers d'un autobus jaune. Ils agitaient la tête, les bras, hurlaient des «*hello! hello! hello!*» acides par les fenêtres en nous dépassant.

Tous les restaurants en bordure de l'autoroute se valaient, avaient le même air avachi. En ouvrant la portière de l'auto, je posai le pied sur un sachet de sucre qui se trouvait là, sur l'asphalte du parc de stationnement. Le sachet ne voulut pas se rompre. Des drapeaux clapotaient, leurs cordes tintaient sur les mâts de métal.

Marc sembla s'intéresser aux souvenirs et cadeaux offerts dans une petite boutique à peine isolée du restaurant par une cloison en treillis. Je regardai passer une femme mince et grande qui portait un chapeau en fourrure de mouffette, la tête de l'animal écrasée sur le devant comme un écusson.

Un homme lavait le plancher des toilettes, il me fit une moue exaspérée. Je vis dans le miroir que mon état

24

d'esprit se devinait. Je touchai le petit bouton presque en éruption près d'une aile de mon nez et les trois ou quatre qui régressaient sur une tempe. Il n'y avait que moi pour traîner de tels vestiges à vingt-quatre ans! Je songeai qu'on a toujours un visage affadi dans le miroir, me demandai dans combien de temps mes yeux s'affaisseraient, dans combien de temps je deviendrais laid et prendrais un air dégoûté ou hautain, comme tous les hommes laids, pour me donner une dignité. Je me penchai au-dessus du lavabo pour entrer dans mes pupilles.

Il fallait sortir de là, aller m'asseoir en face de Marc. Il commanderait sans doute le repas le plus cher, soulève-rait son couteau et sa fourchette avec ses mains déjà plus fortes, plus lucides que les miennes. En mangeant, il dépo-serait son bras sur la table avec un mouvement de l'épaule que je reconnaîtrais, qui était aussi le mien, et une fois de plus j'essaierais de me voir avec ses yeux. Il ne me le per-mettrait pas.

La nuit tombée, il s'est mis à faire froid. Pas le froid fortifiant mais celui qui sidère, donne la mort. Je me pliai en deux pour conduire. Le climatiseur mal rafistolé n'arrivait plus à attiédir l'air glacial qui s'infiltrait de partout. Chaque fois que je quittais l'autoroute pour entrer dans le prolongement d'une ville, je tombais sur une station-service et un restaurant fermés, ou sur un carrefour rendu fantomatique par un lampadaire géant qui sifflait, plaintivement, toujours la même note haute. Sec, blanchi au sel, l'asphalte sous mes phares se jouait de moi, n'allait nulle part. Des autos venaient parfois en sens inverse, mais j'étais seul sur ma voie. La lune était pleine, cerclée d'un halo brumeux qui couvrait la moitié du ciel. Je tenais le volant d'une main, serrant de l'autre une mandarine calée au fond d'une poche de mon manteau. Marc n'était plus là, disparu sous sa couverture, couché en chien de fusil, la tête appuyée sur l'accoudoir de la portière. Ses cheveux dépassaient. Il avait laissé la radio allumée pour écouter la friture entre deux stations. S'il n'avait pas fait aussi froid, j'aurais réagi, fermé le poste. Le crépitement d'étincelles électriques, les stridulations de grillons immatériels montaient de l'appareil, comme pour se joindre aux poils brun sale des arbres, aux arêtes vives des blocs de rochers éboulés. Un vague bip-bip à l'arrière-plan émettait des codes chiffrés pour l'atonie des hauteurs, pour les ombres affaiblies par la fin de l'hiver. Les sons perdus de toutes les machines du continent nous parvenaient, les pulsations et les tintements les plus grêles, les plus intimes.

La route longea une construction basse et interminable en tôle ondulée, puis la puanteur rance de visons encagés s'insinua dans l'auto. Je tentai de secouer ma torpeur, regardai les cadrans phosphorescents.

«Ouvre tes yeux! Il y a un cinéma ouvert. Là! Juste là.» Il s'était relevé. Il avait raison. Quelques autos étaient stationnées devant l'enseigne lumineuse.

Bordant la voie d'accès, un bois touffu strié de plaques de neige cachait le village. Ou bien était-ce une banlieue? Je ne pus apercevoir qu'un réservoir d'eau sur une butte et, plus bas, dans le noir, une sorte de beffroi ou de silo. Le supermarché et la pharmacie jouxtant le cinéma paraissaient neufs, tout juste achevés. En lisant à voix haute les mots rouges de l'enseigne lumineuse, je déformai, pour le rendre plus obscène, un des deux titres. Un jeu sur le mot *trick*. Marc ne riait pas, n'écoutait pas, voulait voir le film projeté dans l'autre salle: un suspense à bord d'un sous-marin.

Des cèdres décoratifs emmaillotés de linceuls de jute ballottaient au vent de chaque côté de l'entrée. Il fallait attendre une demi-heure. La vendeuse de tickets et d'autres préposés étaient plutôt désœuvrés. Affublés de vestons trop amples, ils riaient entre eux, venant sans doute de jouer un tour à quelqu'un. J'essayai, debout dans le hall, de ne penser à rien, retins l'envie d'enlever mes souliers, de m'asseoir par terre pour serrer mes pieds gourds dans mes paumes. Des gens arrivaient petit à petit, un peu endimanchés; ce n'était donc pas une banlieue mais la campagne. Une femme âgée me retourna mon regard d'un œil presque colérique, comme si on ne pouvait plus l'envisager que pour se moquer d'elle.

La salle était un peu étouffante, encore pleine des odeurs du public précédent. Mais les fauteuils me plai-

28

saient, rappelaient ceux d'un avion. Des vagues de chuchotements, de mots, de petits rires se soulevèrent, se dispersèrent, se gonflèrent de nouveau. Une femme jeune, toute en cheveux, et un homme de mauvaise humeur vinrent s'installer devant nous. Je me mis à frissonner dans la salle surchauffée lorsque la lumière s'évanouit et que le public baissa la voix pour de bon, certains se passant la main sur le front, d'autres replaçant leur linge comme pour dormir.

Vers le milieu du film, tandis que le sous-marin sombrait dans des eaux trop profondes, je pelai la mandarine. Marc tendit la main pour en réclamer la moitié. Je m'y attendais.

Les secousses du fil à pêche vert-bleu, translucide, me donnent mal au cœur. J'ai l'impression de couler jusqu'au fond boueux. Le poisson ne fait pas semblant, il est bel et bien pris. Je change de banc. Il suffit d'un seul faux mouvement, dans l'énervement, pour que tout chavire. Je m'accroche à l'odeur goudronnée de la chaloupe chauffée par le soleil. Pour ne plus sentir les secousses, je dépose la canne à pêche et je la retiens en l'écrasant avec mes pieds. Je me donne le temps de me préparer aux gestes qu'il faut faire. Je regarde la rive, un chalet abandonné dans l'imprécis des feuilles. Encore haute, injaugeable, l'eau remue mollement mais à pleins bords sur la grève. Depuis longtemps, longtemps avant ma naissance, plus personne ne pêche dans notre rivière.

Marc est parti retrouver les parents. Il méritait que je lui fasse mal. Il a pris trop de risques, trop attendu avant de se jeter devant l'auto qui venait. Il aurait pu y passer. J'ai peut-être serré trop fort en lui tordant le bras derrière le dos; je n'aurais pas dû continuer et le renverser dans l'herbe drue. Le long filet de salive que j'ai fait pendre au-dessus de sa petite face rouge s'est rompu, lui a éclaboussé l'oreille. J'ai basculé, me suis laissé tomber sur le dos, j'ai fait le mort pour qu'il me roue de coups de poing et de pied, me presse de son poids mouillé de bave et de larmes. Il n'a pas voulu changer d'humeur, se laisser chatouiller,

31

arrêter de pleurer. Il est parti vers le village, au magasin des parents, en savourant sa douleur.

Le fil ne s'agite presque plus. Je tire. C'est elle. Je sais que c'est elle. Je l'ai vue la veille dans les herbes aquatiques, tout au bord derrière notre maison, flanquée d'un autre poisson noir, le mâle sans doute. Un grouillement visqueux de petits les entourait. J'ai couru chercher un pot de verre. Ils n'étaient plus là lorsque je suis revenu: je n'ai fait lever, en remuant l'endroit avec un bâton, qu'un brouillard de vase.

Elle tombe lourde dans le fond de la chaloupe. Elle bouge comme pour nager vers moi, glisse sur son ventre huileux. Je la soulève de nouveau par le fil pour la rejeter plus loin. Elle a avalé l'hameçon. Elle me regarde sous tous les angles avec ses deux points de gélatine grise. Elle tend vers moi une bouche en éventail qui mâche l'air et des moustaches effilées, venimeuses peut-être. Je commence à ramer en oubliant de lever l'ancre. Elle s'éparpille en battant de sa queue le bois goudronné. Enfin elle se blottit derrière la chaudière; je ne la vois plus mais je l'entends tapoter, par instants, le métal.

Le raclement de la chaloupe sur les pierres de la grève me fait sursauter. Je me lève et titube vers l'avant, dans la touffeur accablante de l'air, avec le poids de ma capture au bout du fil. Les grands pins et les chênes dorment. Je foule aux pieds un tapis de mauvaises herbes à têtes jaunes. Après l'avoir déposée derrière la vieille auto recouverte d'un drap blanc, je sors mon canif, coupe le fil. Tant pis pour l'hameçon. Elle fait un gargouillement, essaie de zigzaguer comme une anguille dans l'herbe. Elle n'ira pas loin. Je la laisse pour aller chercher le petit barbecue.

32

Il faut d'abord gratter les tiges du gril incrusté de résidus calcinés de saucisse ou de viande de bœuf. À la fois mobiles et contenues, les flammes deviennent vite bleues dans la petite boîte de métal. J'ajoute des branches cassées et des aiguilles de pin séchées pour que les braises s'entassent. Je tends les mains, immobiles au-dessus des flammes, jusqu'aux larmes.

Les parents arrivent, les pneus de l'auto font crépiter le gravier. Ils claquent les portières, disparaissent dans la maison avec des paquets. S'ils m'ont vu, ils n'ont pas remarqué ce que je fais. Marc sort de l'auto en dernier, me regarde de loin. Mi-sombre, mi-curieux, il approche en se parlant à lui-même. Il tient dans ses mains un livre d'enfant, un abécédaire.

Des crans permettent de fixer le gril à différents niveaux. Je choisis le plus élevé, là où les flammes passent du bleu au tremblement. Elle se laisse faire lorsque je la dépose sur le gril. Puis elle tressaute. Je la retiens avec la pointe de mon canif au milieu de son corps. Sa vie, sa mort ne dépendent que de moi. Oublieux de sa rancune, Marc suit des yeux chacun de mes gestes.

Elle n'essaie plus de résister. Une de ses moustaches pend dans le feu, croustille. Si elle hurle, si les poissons hurlent, c'est trop aigu, inaudible. Non, elle reste muette, protège sa dignité, manigance quelque chose dans sa tête plate sans cou, d'une seule pièce avec le corps. Bientôt elle se love, à peine, une toute petite contraction intérieure semblable à celle des moines bouddhistes qui se flambent, depuis quelques mois, à la télévision.

Je me penche pour l'observer de plus près malgré l'effroi et la fumée qui me brûle les yeux. Elle ne sent pas le poisson rôti, elle ne cuit pas. Elle ne lutte plus pourtant, elle se donne, s'amplifie et je me penche de nouveau sur la douceur sans fond d'où elle me regarde. Je voudrais la laisser finir ce que je crois être son agonie sur une pierre plate. Marc me demande ce que je fais, impavide. Son *détachement, sa froideur m'arrachent tout mon pouvoir.*

Elle reste donc sur le gril, longtemps. Je ne sais pas quand elle est morte. Je ne sais pas si elle est morte.

Je glisse des bâtons dans les anses de chaque côté de la petite boîte de métal. Nous marchons lentement, avec la chose entre nous, jusqu'au bout du quai en billots écorcés. Je vois un peu de chair roide sortir d'une entaille dans sa peau grise froissée. Des flammes ondoient encore, par intermittence, entre les braises. D'un seul coup, le tout sens dessus dessous. Le poisson, s'il s'agit bien d'un poisson, ne flotte pas, coule à pic, disparaît au milieu d'un cercle grésillant de cendre blanche, frangé de bouts de bois noircis.

Après le cinéma, encore deux heures de route avant de nous approcher d'une ville assez importante, imposante même, et de trouver un motel ouvert.

Couché à plat ventre sur le grand lit, j'éclatai d'un rire soûl, me promis de dormir jusqu'à l'épuisement de l'épuisement et même de régler le compte de quelques fatigues anciennes. Les ressorts me renvoyèrent mon rire amplifié, presque mécanique. Puis rien.

Une porte claquée dans le couloir acheva de me réveiller. Juste après, des pas à l'étage au-dessus, un homme, un enfant plutôt, qui courait. J'avais déjà commencé à ressentir trop nettement l'air frais sur mon front, à connaître trop bien ma place par rapport à la fenêtre, à la salle de bain. Je me retournai tout d'un bloc.

Je vis, en même temps que la barre aveuglante de soleil sur le mur, que le lit de Marc était vide.

J'écartai les rideaux déjà entrouverts: le parc de stationnement du motel, l'autoroute, les deux stations-service, une carrière à ciel ouvert déchirant la montagne. J'allumai le téléviseur qui me renvoya une piscine en plan fixe, celle du motel. L'eau remuait un peu, toute seule.

En sortant de l'ascenseur, je demandai l'heure au comptoir. Midi et demie. Une dizaine d'hommes et de femmes, s'entraînant au karaté, émettaient des cris brefs et collectifs derrière une porte-accordéon mal fermée, dans la grande salle de réception au plancher marqueté. Tout en m'engageant dans le couloir en pente qui menait au petit restaurant attenant au motel, je me surpris à sortir mon portefeuille de ma poche pour voir si des billets manquaient. Je ne pouvais plus, avec ce geste, repousser l'impression mal avouée que Marc avait pris le large. Mais tout l'argent était là.

Je revins sur mes pas, repris l'ascenseur. Ses affaires n'étaient pas sous le lit, ni dans les tiroirs, nulle part. Moimême je n'étais pas tout à fait dans la chambre. Je commençais déjà à devenir celui que plus rien ne surprend, loin de ce qui lui arrive.

J'ouvris la portière de l'auto et retrouvai le parfum de Suzanne, l'odeur de son cou. L'air du voyage avait eu le temps de se dissiper. L'auto redevenait son auto. Assis au volant, sans intention de démarrer, je vis dans le rétroviseur que j'avais les yeux encore bridés de sommeil. Je ne voulus pas céder à l'envie soudaine et déconcertante de téléphoner à Suzanne, ou de faire carrément demi-tour pour la revoir, me défaire de l'idée de vivre sans elle et admettre que le sentiment d'usure n'était rien, n'empêchait rien. Je l'imaginai assise à son bureau dans sa tour octogonale. Elle jetait un coup d'œil à la boule d'arbre de Noël suspendue à la tablette devant elle, faux portebonheur réfléchissant les allées et venues derrière son dos.

Marc m'avait planté là. Je savais que le besoin presque oppressant de serrer quelqu'un dans mes bras dérivait au moins en partie de cet affront trop cinglant.

Un homme et une femme âgés sortirent du motel. L'homme ouvrit le coffre de leur auto pour y déposer deux valises.

36

Je ne pouvais pas abandonner mon frère sans argent dans cette ville, dans ce pays. Il ne pouvait être loin. Il n'y avait rien d'autre à faire que de l'attendre. J'étais rendu à moi-même, coincé dans ce motel laid et cher, avec ses briques recouvertes d'une glaçure noire.

Des jours aux gestes réduits, comme si je risquais de briser quelque chose en moi. Je travaillais dans la chambre, relisais mes documents du bout des yeux en tournant le dos au soleil, l'ombre de ma tête se découpant crûment sur les pages. Je passais les soirs dans le cercle de lumière de la lampe au pied de simili-cuivre, rivetée à la table de chevet entre les deux lits. Je lisais aussi un livre acheté dans une pharmacie. Le radiateur électrique, avec ses dentelures d'harmonica géant, craquetait. Je buvais l'eau acidulée de la salle de bain. Au comptoir de la réception, la préposée du matin me faisait des sourires un peu forcés, son regard piqué par des verres de contact peut-être trop récents. Je partais dans les rues en oubliant de préparer le visage qu'il fallait. Le temps devenait plus doux, printanier. Je regardais les buttes de terre rouge, incompréhensible, et les rangées d'ampoules allumées le jour. Je m'arrêtais sur le trottoir pour sortir de la poche de mon manteau un petit gâteau enveloppé qui s'émiettait. On me regardait un peu de travers. J'aurais sans doute dû m'asseoir sur un banc de parc pour manger, ou faire semblant d'attendre un autobus au coin d'une rue. «Ville de crétins.» Tout en sachant que ça ne donnerait rien, je me mettais dans la peau de Marc, j'essayais de deviner dans quelle direction..., laquelle de ces rues insignifiantes avait pu l'attirer. Je rentrais pour lire encore. Parfois, le soir, je me levais brusquement. Les lignes du parc de stationnement formaient des peignes luminescents sous les lampadaires. Je me disais: «Au fond...» Sur la couverture de l'atlas routier acheté à la frontière, il y avait, encadrée par un volant

37

d'auto, une photo ronde prise dans le désert du Sud-Ouest américain: les blocs de pierre semblables à des plaques de chocolat tranchées net, les éternels plateaux érodés d'un rouge qui était aussi celui du sol de cette ville. Les rêves de tout le monde. J'éteignais. Je me disais: «Qu'est-ce que je fais?»

Un client du petit restaurant contigu au motel avait parlé en riant du «*park for all tastes*»; le vrai nom du parc comprenait en fait les mots *all States*. Il se trouvait dans la vieille ville. Un dépliant touristique glissé sous le téléphone de la table de chevet m'avait enlevé toute envie de mettre les pieds dans ce secteur; sur une des photos du dépliant, des amuseurs publics dansaient en costumes d'époque. Je recommençais cependant à m'avouer que j'étais fatigué de ma compagnie, que je me trouvais à l'étroit dans cette solitude dont j'avais pourtant rêvé pendant des semaines. Il ne fallait pas laisser cette impression se préciser.

Le relief de la vieille ville était moins accidenté que celui de la zone limitrophe où je vivais. Les rues étaient en pleine nuit aussi muettes, mais plus larges et plus fatiguées. Je marchais un peu au hasard, encore indécis, considérais les grosses maisons lattées. Tout près des feux de circulation haut placés, deux enfants à bicyclette, incongrus à pareille heure, silencieux et pressés, me frôlèrent sans me regarder. Je m'arrêtai un peu plus loin, devant un téléphone public saccagé; il ne restait de la peau de plastique recouvrant la masse rectangulaire de l'appareil que de minces lambeaux en pointe.

Un homme traversa le boulevard en même temps que moi. Il tenait en laisse un petit chien obèse, aigri. Pour leur laisser le temps de disparaître dans le parc, je fis semblant de m'intéresser au poteau indicateur en bois non peint dont les bras, chargés des noms des différents États de la Nouvelle-Angleterre, pointaient vers les allées pour piétons. Je préférais marcher sur le gazon saturé d'eau, plus spongieux que du pain. Sous les arbres, loin de l'éclairage municipal, l'air se granulait. J'avançai à pas mesurés, effleurai des bosquets d'arbustes, touchai du bout du pied un objet dur et rond, une pierre ou une racine. Je m'arrêtai. La lune décroissait. Je tombai un peu plus loin sur une zone nivelée, plantée d'arbres tuteurés, et j'aperçus l'avenue traversant le parc.

Il y avait sept ou huit filles, alignées sur une centaine de mètres. Elles se penchaient parfois vers les autos qui défilaient, pour dévisager les hommes, ou plutôt pour se faire dévisager, s'accoudaient un instant à la portière lorsqu'une auto s'arrêtait. Il y eut un petit rire sonore, presque heureux. J'étais maintenant tout près. L'une d'elles se retournait de temps à autre. Je ne m'attendais pas à ce qu'elle vienne vers moi. Je restai là, un peu interdit. Quelque chose sonnait dans ses vêtements, rythmait ses pas. Des grelots à son poignet? autour d'une cheville?

L'odeur de la terre détrempée tombait sur le cœur. Avant que j'ouvre la bouche, elle me donna ses deux tarifs d'une voix pâle, en souriant. Elle retenait sa force dans un corps fragile, sans doute vite brisé. C'était une fille d'un État du Sud, j'en étais presque sûr. On ne pouvait pas deviner l'air qu'elle prendrait en vieillissant. Son regard presque trop beau, à la fois intelligent et assuré, m'intimidait. Je répondis à son sourire, lui donnai l'argent tout de suite. Elle parut agacée, faisait peut-être semblant, me dit de la suivre.

Elle me conduisit dans un taillis de conifères abîmés. Elle évita deux ombres collées l'une à l'autre, s'immobilisa au milieu d'une sorte d'éclaircie, me fit face de nouveau. J'aurais voulu prendre sa tête dans mes mains, juste ça. Mais c'était impensable. Alors, sans un mot, je me penchai vers son oreille, un peu au-dessous. Elle sursauta, cassante, comme si mes lèvres étaient glacées.

Je n'ai jamais réussi par la suite à savoir s'il s'agissait

d'une machination ou d'une coïncidence, si Marc m'avait suivi ou non. Peut-être m'avait-il fait suivre. Sur le coup, j'aurais cru n'importe quoi. Je le crus en fait capable de lire dans ma pensée. Je n'ai perçu d'abord que la forme trop familière d'une tête semblable à la mienne, comme saisie inopinément dans le reflet d'une vitre, la tiédeur affaissante d'un contact fortuit avec moi-même. En s'approchant de nous, il dit quelque chose, je ne me souviens plus quoi. En français. La fille me fixait: «Oui, je le sais que c'est lui.» Un homme grand et maigre, à la barbe en collier, marchait derrière Marc, le retenait par le coude; un peu de vent agitait les arbustes derrière eux. En arrivant à ma hauteur, Marc examina les environs, peut-être pour éviter de croiser mon regard. L'homme qui le talonnait tenta de nouveau de le tirer vers lui. Marc fit alors des gestes d'une virulence que je ne lui connaissais pas: il se retourna, lui enfonça son coude dans le ventre, lui ordonna de disparaître en le regardant se ramasser sur lui-même. Puis il le renversa en lui assénant un coup de pied dans les côtes. Je me réveillai de ma stupeur, lui criai d'arrêter.

Ils connaissaient un restaurant ouvert toute la nuit, à proximité d'une bretelle de l'autoroute. Une bouche d'aération, accolée à la porte, nous souffla dans les jambes une chaleur désagréable. Sans nous consulter, Gabrielle choisit une table donnant sur la vitre. J'avais souri sans raison en apprenant son nom et elle s'était comme rembrunie.

L'éclairage, les tuiles du plancher, les verres ambrés, tout avait cet air neuf mais usé jusqu'au-delà de la fatigue des choses qui ne dorment jamais. Le serveur déposa les menus illustrés. Marc dit: «Vous pouvez prendre tout ce que vous voulez, c'est moi qui paye.» Comme si je l'avais laissé crever de faim! Seul avec lui, ou moins démonté, je lui aurais demandé s'il avait fait fortune en jouant au donneur ou bien au receveur avec ses clients nocturnes. Je ne pouvais pas me le figurer en train de s'abolir de la sorte, de se vendre.

Ensemble sur la banquette devant moi, ils gardèrent le silence. Derrière eux, à la table voisine, un homme aux cheveux blancs soyeux gonfla les joues, écarquilla les yeux pour faire à la femme dont il tenait la main, et qu'il voulait peut-être faire rire, une grimace d'une autre époque, incrédule et amusée.

Gabrielle examinait les détails d'une photo du menu. Elle se faisait une idée sur mon compte. Je m'éclaircis la gorge, demandai comment elle se défendait contre les

41

clients détraqués. Elle leva les yeux une seconde, posa sa cigarette pour fouiller dans son sac et en retirer une lime à ongles aiguisée comme un dard. Il n'y avait pas un soupçon de fierté ni de vantardise dans son geste, sur son visage, seulement une sorte d'absence. Je remarquai un griffonnage au stylo à bille sur le dos de sa main, des lettres, quelques chiffres. Elle était à peine maquillée. Je me promis de percer à jour ce que recouvrait sa peau si blanche, à moins que ce ne fût le perfection de ses traits ou bien sa manière de bouger, de deviner ce qui, chez elle, ne se montrait sans doute jamais à découvert. Elle avait dix-sept ans, comme Marc. Elle sembla bientôt décider que j'étais inoffensif ou insignifiant, dit qu'elle venait de Montréal elle aussi, mais vivait aux États-Unis depuis un certain temps. Elle voulut savoir pour qui et sur quel sujet je faisais des recherches. Elle prit le bras de Marc lorsque je commençai à lui répondre, l'enroula autour de son cou comme une fourrure. Puis elle se figea, les yeux grands ouverts sur moi, sur mes lèvres. Mais elle ne me voyait plus, je crois, son attention tournée vers l'intérieur, vers elle-même.

Le visage de Marc s'animait petit à petit, à cause du vin. Il parlait de temps à autre à l'oreille de Gabrielle. Il devait sentir mon embarras devant elle, devant les circonstances de notre rencontre. Mon malaise faisait son bonheur. Il vida le fond de son verre dans un bol sale. Je l'avais vu faire cela des centaines de fois. Le fond du verre, pour lui, qu'il fût d'eau, de bière ou de vin, n'était jamais bon. Il se servit de nouveau, but et s'étouffa en parlant. Gabrielle rit d'abord, puis son rire se changea en une toux creuse. Elle le regarda s'étouffer, comme réjouie, pendant qu'elle-même se désâmait. Je suivis le parcours de ses yeux sur le visage de Marc et décidai, juste à ce moment-là, qu'ils me mentaient. Ils ne se connaissaient pas seulement

42

depuis quelques jours: ils se connaissaient depuis long-temps. Tout dans leur manière d'être l'un avec l'autre les trahissait. Ils s'étaient probablement donné rendez-vous dans cette ville.

Le restaurant ne désemplissait pas. Ils parlèrent d'une amie de Gabrielle. Ils parlèrent entre eux, gardant tout pour eux, décidant de s'éterniser devant nos assiettes sales comme des enfants autour d'un filet d'eau potable. J'arrê-tai de les écouter, regardai ailleurs, dehors. J'en vins à me dire qu'ils étaient plus malhabiles qu'inquiétants, presque émouvants avec leur besoin de me cacher quelque chose. Le vent faisait osciller, dans la lumière de bloc opératoire tombant d'un lampadaire, les branches d'un arbre.

Elle s'enlaçait en faisant remuer doucement tout son corps, elle s'enveloppait de ses propres bras. Ses épaules, une partie de son dos parfois, sortaient des couvertures. Ils parlaient tout bas. C'était ce qui m'avait réveillé. Un mot assourdi, «se bercer». Elle lui montrait comment se bercer tout seul. Ses doigts aux ongles laqués, en se dérobant tout à coup sous les couvertures, laissaient des marques blanches, effacées au bout de quelques secondes, sur le rose de son épaule. Il la chatouillait, dilapidait tout. Elle poussait de petits cris étouffés, la bouche fermée.

De mon lit, je leur dis que j'avais perdu assez de temps dans cette ville, qu'il fallait se lever. Elle se retourna vers moi. Au même moment, un brin de fibre volatile, venu d'une couverture ou du tapis, frôla mon œil et s'en alla flotter dans leur direction, comme poursuivant mes quelques mots peut-être trop lourds, ou mon haleine, que j'espérais imperceptible. Gabrielle m'examina un instant puis sourit pour elle-même, leva les bras à la verticale et se mit à secouer les mains en tous sens, telle une débile, les poignets déboîtés. Elle bouscula les mots en riant, surexcitée presque pour vrai: «C'est ça, on part, on part!» Comme si l'endroit où j'allais les emmener était mirifique. Marc se redressa, toutes plumes dehors, encore plus ébouriffé qu'elle. Il secoua les mains de la même manière, suffoqué par son rire un peu éraillé, et pour une fois non retenu, d'enfant.

45

Mon travail tombait à l'eau, je le savais. Cela se voyait dans l'encombrement de la chambre, dans les pleins et les creux des deux corps nus et blancs qui allaient et venaient, marchaient sur les serviettes et les vêtements éparpillés. Il faudrait que je m'occupe d'eux, que je les occupe dans une ville sans doute encore plus désolante, une autre non-ville, que je me batte pour quelques minutes de solitude par jour, que je travaille à l'arraché. Je devais aussi faire mon deuil de ma vieille idée de trouver un second souffle, de me donner du champ. Pourtant, malgré tout, j'étais content, content du climat nouveau que la présence de Gabrielle semblait promettre. J'ignorais ce qu'il y avait entre elle et Marc, pourquoi elle venait avec nous, mais en la regardant bouger, en la voyant resserrer l'attache dentelée du sac de plastique qui lui servait de valise, je me dis qu'elle nous mènerait quelque part.

Ils ne parlèrent presque pas dans l'auto, Gabrielle n'étant pas du genre à remplir le silence avec n'importe quoi. Je regardai souvent dans le rétroviseur les deux têtes muettes ballotter, obéir aux secousses.

46

Noël. Je porte un costume neuf de petit monsieur. Une chambre rose. Adossé au chambranle, je fais le guet, surveillant le corridor. J'évite ainsi de respirer l'air de la chambre, tous les parfums mêlés aux relents de boules à mites. Sans perdre une seconde, Marc soulève les manteaux lourds jetés sur le lit, glisse ses mains dans les poches, replace les fourrures comme avant. Des manteaux de mouton gris, de mouton noir, de renard, de castor rasé surtout. Je connais bien cette dernière fourrure, brune et profonde; j'ai l'habitude d'y écrire mon nom, du bout de l'index, en marchant derrière une passante pour me protéger du vent.

Je peux, de mon poste d'observation, voir le dos de la grande femme en robe verte, assise d'une fesse sur l'accoudoir d'un fauteuil. C'est une de nos tantes. Nous sommes chez elle, nous sommes dans sa chambre. Elle a un rire de klaxon. Une autre femme éternue en prononçant soigneusement les deux syllabes du mot «atchou». Une voix d'homme lui répond et tout le monde rit. Les dentelles du couvre-lit, du même rose que celui des rideaux, pendent jusqu'à terre. Le chien écrase le nez de mon soulier avec sa patte. Il renifle mon pantalon, comme s'il devinait l'odeur d'une autre bête. Il lève les yeux, un œil noir et l'autre bleu, presque blanc. Je le caresse dans le cou pour le retenir. Si quelqu'un vient, je dirai que nous l'avons suivi, que

47

nous jouons avec le chien. Un bruit surajouté me fait tendre l'oreille, semblable au vrombissement lancinant et lointain d'une tronçonneuse, bruit sans doute venu de la cuisine, peut-être juste de l'eau que l'on a mise à bouillir pour le café.

Marc ouvre et referme les sacs à main laissés sur la longue commode parmi les chapeaux. Il défroisse les billets, les plie en deux avec soin avant de les faire disparaître dans les poches de sa petite veste ajustée. Il se dépêche, mais reste méthodique. Le bonheur calme, l'air réfléchi de son visage me confirment que le pire n'aura pas lieu. Ils ne nous surprendront pas. Nous sommes invisibles.

De prime abord, la petite ville où je devais faire mes recherches n'était pas aussi déprimante que celle que nous venions de quitter. Il y avait même quelque chose d'engageant dans son efficacité de capitale minuscule et récurée d'un État lui-même miniaturisé, aux frontières déchiquetées par le mouvement des chaînes de montagnes. Nous avons loué, dans le seul motel à bon marché de l'endroit, une sorte de suite pour touristes qui voyagent en famille, une cuisinette, deux chambres. Notre porte ne donnait pas sur l'autoroute, mais se trouvait à l'arrière du bâtiment allongé. De la table de la cuisinette on ne pouvait voir, à travers la fenêtre panoramique rayée par endroits, qu'une butte d'herbe rase, qui recommençait déjà à pousser, et le ciel.

Le premier matin, je laissai Marc et Gabrielle dormir. Je me rendis à pied au centre de la ville, me disant qu'il n'en tenait qu'à moi de trouver le temps de travailler. Les arbres de la rue principale, plantés en plein trottoir, semblaient plus vigoureux que ceux des montagnes inhabitées qui cernaient la petite ville, surgissant abruptement au bout des rues. Je déposai une carte postale pour Suzanne dans une boîte aux lettres. Les nuages passaient vite et bas. Par moments le soleil envahissait toute la rue; je fermai les yeux pour tendre le visage vers la lumière. Lorsque je les rouvris, une femme m'observait; elle détourna son regard.

Des pigeons se rassemblaient sur le trottoir, parmi les moineaux.

Les archives se trouvaient dans l'édifice gouvernemental. Un édifice imposant, d'un style que je ne connaissais pas et d'une pierre presque blanche, du moins en plein soleil. La masse centrale, la plus élevée, était surmontée d'un petit dôme verdi, comme celui d'un observatoire astronomique.

L'épaisseur un peu moelleuse de la moquette neuve m'amena à penser, dès mon entrée dans la salle des archives, que je ne m'étais peut-être pas trompé en acceptant ce petit contrat, que je ne m'ennuierais pas. Je fis lentement le tour des ouvrages de référence. Quelques personnes étaient occupées à lire autour d'une table monumentale. La petite pièce réservée à la consultation des microfilms attira mon regard. Sa pénombre avait quelque chose d'invitant; les quatre appareils étaient inemployés, solennels. J'expliquai ce que je cherchais à une femme un peu vieille qui portait une blouse de couleur foie. La peau d'une de ses joues tremblait lorsqu'elle souriait. Elle ouvrit un ou deux tiroirs du fichier derrière son bureau. Des cernes humides étaient visibles aux emmanchures de sa blouse. Elle me montra des fiches.

Thomas Carver Green (1840-1916), théologien originaire de Boston, s'était illustré momentanément en devenant l'instigateur d'un mouvement à la fois économique et religieux dont j'avais pour mission de dégager les grandes lignes. Quelques dizaines de francophones, échappés des usines textiles de Manchester (New Hampshire), s'étaient joints au groupe de ses adeptes pour fonder, à la fin du siècle dernier, une poignée de villages mort-nés dans divers replis des Appalaches. Les fiches signalaient un dossier plus volumineux que celui auquel je m'attendais. T.C. Green avait laissé des monceaux de lettres, que sans doute personne n'avait lues depuis cent ans; on n'avait pas pris la peine de les conserver sur microfilm. Je demandai à voir quelques-uns des documents les plus anciens.

Je n'arrivai pas à lire plus de quelques pages ce jour-là. Les ruines du village où le théologien avait vécu pendant quelques années se trouvaient tout près. En retrouvant ce détail que je connaissais déjà, je fus absorbé tout entier, empêché de lire plus avant. Je regardai les semis irréguliers de points noirs sur mes photocopies encore tièdes, le tissu du rebord de ma manche capté au bas des feuilles, le fantôme vague de mon pouce. Un lecteur attablé en face de moi haussait les épaules pour lui seul en travaillant, admonestait quelqu'un ou s'admonestait lui-même, tout bas, en faisant palpiter les ailes de son nez. L'éclairage de la salle me dérangeait aussi, ou peut-être la hauteur du plafond.

Je passai quelques heures à la cafétéria de l'édifice, une longue pièce au va-et-vient bruyant. Je n'avais jamais vu autant de fonctionnaires ensemble. Leurs vêtements soignés, presque exagérément, m'étonnaient. Je regardai à la dérobée tous ces visages dont quelques-uns me rappelaient des visages déjà vus. Les gènes se transmettent à distance, me suis-je dit, à la façon des virus transportés par le vent. Je lus, en mangeant, quelques articles du journal local. Je lus comme s'il s'agissait d'un quotidien du siècle dernier. Toutes les phrases jouaient le jeu, aucune expression, aucune idée ne détonnait vraiment. T.C. Green aurait très bien pu lire, ou même écrire, de telles phrases. Un fonctionnaire à côté de moi tapota du bout du médius le coin de son plateau à l'intention de l'homme plus jeune en face de lui. Il insista, désigna de nouveau du doigt le coin de son plateau comme s'il s'agissait d'un paragraphe du rapport dont il parlait.

Ma deuxième tasse de café me donna une minute ou deux d'euphorie, le bonheur de ne pas avoir d'emploi véritable, puis me laissa au fond de la gorge un goût de sel, ou de sang. Je n'avais plus envie de retourner tout de suite aux archives. Je sortis en me chantant un air vide, inventé à partir de quatre notes navrantes.

La lumière avait changé; la masse de l'édifice faisait maintenant de l'ombre dans la rue. Tout le soleil était dans les montagnes devant moi. Je marchai sans penser jusqu'au bout d'une rue, jusqu'à l'orée du bois. Il commençait à faire plus frais.

Noire et blanche, la forêt en pente se liquéfiait de partout. Il ne lui restait de l'hiver que de longs lambeaux de neige brillante et des stalactites de glace arrondie accrochées aux parois rocheuses. Les arbres me semblaient tous familiers, sauf quelques-uns, des essences nouvelles pour moi, ou que je n'avais jamais pris le temps de distinguer. Les fruits rouge vif d'un cormier, tout près, avaient résisté au froid. Les oiseaux n'en voulaient peut-être pas. Ces grappes luminescentes me rappelaient, en se découpant aussi nettement sur une plaque de neige, une autre image. Mais je ne voulais pas la retrouver. Je voulais tenter de ne plus m'abstraire, de ne plus rattacher l'immédiat — ces points rouges — à la toile, à la photographie peut-être, qu'ils évoquaient.

La camionnette d'une compagnie de location de téléviseurs était stationnée de biais devant le motel, juste en face du bureau du gérant. Un bras posé sur le volant, le conducteur mangeait des spaghettis en conserve à l'aide d'une fourchette en plastique. Je devinai, avant même de contourner la façade du long bâtiment pour me rendre à l'arrière, que notre auto n'était plus là.

Ils n'avaient pas laissé de mot. J'aurais été surpris d'en trouver un. De la vaisselle sale dans l'évier et un petit cosmos d'étoiles de pâte dentifrice, pas plus grosses que des têtes d'épingles, sur le miroir de la salle de bain, rien d'autre. Il faisait froid et humide dans les trois pièces, mais je n'allumai pas le chauffage, une des plaques de cuisson suffirait. Je la regardai rougir en tendant une main. Je pelai une des pommes que je venais d'acheter dans une épicerie, la coupai et tendit un des quartiers à la fenêtre pour voir si la lumière du ciel, sans couleur maintenant, pouvait encore réussir à traverser la pulpe blanche.

Mes besoins réels n'étaient pas nombreux et plutôt simples. Je savais depuis toujours m'accommoder de n'importe quoi. Il devenait possible de me mettre à travailler vraiment. Je n'avais plus le choix. Je regardai les portes entrouvertes des étagères, les meurtrissures noircies, près d'une poignée, faites par des inconnus, les assiettes et les bols empilés dans l'ombre, les choses qui règlent la vie. «Il n'a même pas laissé de mot». Je me taillai un ongle avec les dents et me risquai à dire à voix haute: «sa maudite rage!» Un peu plus tard, j'appuyai sur la manette du grille-pain bombé et retrouvai, en voyant ses filaments devenus aussi rouges que ceux de la plaque de cuisson, l'envie de déballer le sac d'épicerie. Il fallait aussi dévisser l'ampoule brûlée au plafond, débarrasser la neuve de sa boîte de carton friable.

En me levant du canapé-lit où je m'étais assoupi en plein jour, comme un vieux, j'allai tout de suite à la fenêtre embuée, pour leur tourner le dos. Je ne les avais pas entendus entrer. Il pleuvait encore. Ils m'avaient laissé sans nouvelles pendant une semaine. Un peu plus d'une semaine. Les dalles de ciment luisaient, de lents tourbillons de brume s'écrasaient sur la butte d'herbe.

«Pourquoi t'as mis des papiers sur le miroir?»

Gabrielle avait ouvert un cahier, elle le feuilletait. Elle avait encore son manteau sur les épaules. Pour ne pas me voir en travaillant, j'avais collé trois feuilles sur le miroir métallique fixé au-dessus de la table de la cuisinette. Elle vint appuyer son front sur moi, un instant, comme si de rien n'était, et comme si cette intimité soudaine n'était rien, dans le creux de mon cou. Ses cheveux me mouillèrent la joue. Puis elle disparut dans la salle de bain.

Marc portait une chemise neuve. Il fit claquer l'élastique de mon porte-documents en ayant l'air de réfléchir ou de me plaindre. Il devait se dire que je perdais mon temps en travaillant ou que je ne méritais pas mieux. «Un petit contrat de minable.» Quelque chose du genre. Je lui demandai d'où ils revenaient. En bougeant, en s'éloignant de moi d'un pas qu'il alourdissait, il heurta la boîte de carton qui me servait de corbeille à papier. Il se rendit sans répondre jusqu'au fond de leur chambre, mit les mains dans les poches de sa veste, les retira aussitôt, s'assit sur le cache-radiateur niché sous leur fenêtre. Il ne regardait pas dehors mais vers moi. Ses traits s'estompaient dans le contre-jour. Il observait les miens cependant, comme si c'était lui qui voulait savoir.

Je nettoyai l'écran du téléviseur, aussi collant que poussiéreux, avec un essuie-tout. Entassés sur le canapé-lit, Gabrielle en sandwich entre Marc et moi, nous regardâmes le début d'un film plein de haies, d'arbustes. J'essayai de me représenter ce que cette végétation, si verte le jour du tournage, si noire et bruissante sur l'écran, était devenue. Je me dis qu'elle devait être réduite en brindilles décomposées sous un trottoir.

Je fis tourner la roulette. Des plongeurs se concentraient à tour de rôle, sur une autre chaîne, au bout d'un tremplin. Une fois sous l'eau, ils prenaient le temps de dormir toute une seconde, les yeux fermés, avant de donner des coups vigoureux pour remonter jusqu'aux applaudissements de la foule.

Son épaule chaude coincée sous mon aisselle, Gabrielle trempait un doigt dans du bicarbonate de soude. Elle expliqua qu'elle traînait toujours un flacon, qu'elle n'avait pas de problèmes de digestion mais qu'elle aimait le goût. Elle n'arrêtait de lécher son doigt givré que pour s'abandonner à sa toux déchirante ou pour rire de quelqu'un à l'écran. Elle refaisait chaque fois, juste avant de rire, son cri suraigu étouffé par sa bouche fermée. Marc renversa une cannette de bière et jeta sur la flaque, sans prendre la peine d'en détacher les feuilles, tout le rouleau d'essuie-tout.

Ils se regardaient de temps à autre dans l'ombre de ce qu'ils retenaient, et qui n'était que pour eux. Je fis de nouveau tourner la roulette pour revenir au film. Sans réfléchir, en me rasseyant, je dis que certaines de nos années,

56

surtout les plus anciennes mais aussi les autres, ne laissent en nous que trois ou quatre minutes d'images. De toute une année de vie il peut ne rester presque rien. Ils gardèrent le silence. Ma réflexion ne méritait même pas d'être entendue. Elle ne réussissait qu'à marquer plus nettement — c'est ce que leur silence hurlait — les contours de l'espace infranchissable entre eux et moi. J'étais condamné à ne rien savoir, à devoir tout deviner.

D'abord, les robinets de la baignoire brusquement fermés dans un mugissement de tuyaux suivi d'une canonnade assourdie. Puis je n'entendis plus, derrière la porte, que des bruits d'eau, leurs petits rires, des bribes de phrases à peine perceptibles.

Les poches de la veste de Marc étaient trouées et il n'y avait rien dans celles du grand manteau de Gabrielle. Elle avait emporté son sac dans la salle de bain. Son chandail de laine enlaçait le dossier d'une chaise. Je m'attendais à y trouver une odeur de fumée; je ne détectai qu'un parfum salé, sous les bras, mal avoué. Je soulevai le pantalon de Marc, laissé par terre. Je vidai les poches: de la monnaie, deux de ses capsules d'amphétamine, quelques billets soigneusement pliés, les clés de l'auto, rien, aucun indice.

Je sortis. La pluie tombait encore à flots, glaciale dans le noir terreux. J'allumai le petit plafonnier pour lire le compteur. Ils avaient fait un peu plus de six cents kilomètres. Je pris un de leurs biscuits dans le sac laissé sur la banquette. Je restai là une minute ou deux à écouter le crépitement sec des gouttes sur le toit de l'auto.

L'impression qui colore mon existence depuis trop longtemps m'empêche de dormir, je secoue malgré moi le sommeil dans un mouvement d'impatience.

Marc dort de bon cœur dans l'autre coin de la chambre. Sa jambe blanche dépasse. Les éclairs de chaleur, pourtant spectaculaires, m'indiffèrent. Le vent mou n'arrive pas à remuer les nuages, il ne fait que répandre l'odeur de mort venant de la rivière. Un éclair muet mais plus long que les autres tourne la nuit en ridicule, révèle chaque caillou de l'allée de gravier, chacune des pousses vert tendre de la pelouse. Tout devient lourd à porter. Je sais que je ne dormirai pas, qu'il n'est plus question d'y penser, et cela prend tout à coup des proportions considérables. Il faut que tout change.

Son visage endormi, dilaté, pivote vers le mien. C'est lui sans être vraiment lui. Je perçois son odeur savonnée, mais ne l'entends pas respirer, aucun souffle. Je m'approche pour donner de petits coups avec le doigt sur son épaule. De façon presque imperceptible, son sommeil s'aggrave, une ombre de douleur crispe ses paupières, comme s'il était bousculé, poussé dans un fossé, tué. Toute la journée j'ai marché sur ses talons, pour le rendre fou, pour lui renvoyer sa manière de s'accrocher à moi; il m'a regardé sans comprendre, égaré. À force de petits coups de plus en plus rapides sur son épaule, il se réveille progressi-

vement, émet un gémissement voilé, ouvre les yeux. Il ne me reconnaît pas.

Les parents dorment dans la chambre du haut. Ils ne peuvent pas nous entendre bouger, ouvrir la porte. Les bruits du dehors couvrent les nôtres. Dans l'obscurité de la remise, je remplis le bidon écaillé. Marc éclaire mes mains avec la lampe de poche.

Je retourne du bout du pied le cuir mince et calciné, dans la poussière du gravier, d'un crapaud écrasé par une roue d'auto.

Il faut s'aplatir au ras du sol pour passer sous la clôture électrifiée. Puis nous entrons dans le bois touffu qui s'étire entre la rivière et le grand champ où pâturent les vaches d'un voisin. J'en vois deux qui broutent encore, en pleine nuit, en bas d'une butte. Où sont les autres? Dans le bois, je pose le pied sur un coussin spongieux de mousse et d'aiguilles de pin entassées. Il y a comme un creux, un vide en dessous. Je trouve le sentier des vaches. Marc s'arrête, fait mine d'écouter avec tout son corps des aboiements au loin, à peine audibles. Je lui dis de me suivre sans perdre de temps, surpris moi aussi de me savoir là. Et si les vaches apparaissaient pour se ruer sur nous, en file? Nous marchons dans le sentier qu'elles ont ébranché avec minutie, jour après jour. Je reconnais les petits déferlements de l'eau sur la grève. Une flaque de fougère, des troncs abattus. Plus loin, dans un coup de vent, j'entends les grincements assourdis des arbres les plus hauts.

La maison rouge apparaît enfin, plus massive que dans mon souvenir, sans doute à cause de la nuit. Il n'y a plus d'éclairs, juste des coups de vent répétés. Nous sommes venus six mois plus tôt, avant l'hiver, examiner cette maison peut-être abandonnée. Un objet nouveau nous retient un moment d'avancer, un moteur énorme — de tracteur, de bulldozer? — échoué devant la façade, au beau milieu, tel un monument. Autre détail inattendu: la vitre de la porte a été recouverte, de l'intérieur, d'une feuille de papier aluminium. Je n'ai pas voulu, lors de notre première visite, faire comme Marc et me risquer sous l'avant-toit à moitié défoncé pour scruter la noirceur absolue du dedans.

Partout autour de la maison, des carcasses rouillées émergent des broussailles. Une odeur de putréfié, montant de la cave, se mêle au vent. Un grand parasol replié s'appuie contre un mur; sa frange presque arrachée bat l'air, s'entortille.

En versant l'essence sur les enchevêtrements de vieux rosiers secs et piquants, je concentre mon attention sur les rectangles imperturbables du papier brique. Surtout ne plus lever les yeux, jamais, vers ce qui a bougé juste derrière les longs carreaux de la fenêtre.

Les premières allumettes s'éteignent tout de suite dans l'herbe neuve. Enfin une longue tige s'allume. Le vent aidant, le buisson tout entier se met à rugir.

61

Une neige fondante et imprévue, tombée pendant la nuit, me poussa vers les montagnes. Grâce à la neige elles laissaient voir tout leur squelette dans l'éblouissement, le silence presque douloureux du matin: les renflements, les dégagements, les contreforts, les blocs éboulés, les ravins et jusqu'aux veines les plus fines des réseaux de sentiers. Cette neige de mai m'obligeait à me donner du mouvement, à sortir de la petite ville, d'autant plus que je n'avais pas su la deviner; j'avais à peine entendu, en me tournant d'un côté sur l'autre au milieu de la nuit, le vent.

Marc et Gabrielle avaient disparu de nouveau deux jours plus tôt. Je fouillai dans mes papiers pendant quelques minutes, puis j'allai prendre mon petit déjeuner dans un restaurant où je ne m'étais pas encore hasardé, un immeuble en pierre grise, une ancienne banque rafistolée, au plafond rabaissé. La serveuse au comptoir des commandes avait les cheveux un peu gras et les pores de son front se dilataient. L'orange de sa casquette était le même que celui du menu illuminé derrière elle. Trois hommes dans la quarantaine, installés en familiers des lieux sur les banquettes du fond, firent d'abord comme s'ils ne me voyaient pas lorsque j'accrochai ma veste et mon chandail sur leur portemanteau. Une lueur s'allumait dans le visage du moins vieux des trois, de l'orgueil blessé. Les deux autres, qui riaient, venaient sans doute de se payer sa tête.

Il ne trouvait pas le moyen de répliquer. Au bout d'une jambe allongée dans l'allée, une botte plâtreuse trempait dans un peu de neige fondue.

En me rendant au point de départ du sentier que je devais emprunter, je croisai deux enfants qui marchaient vers leur école en aveugles, les rebords de leur tuque rabattus sur les yeux. Ils traînaient des pieds accablés sur le trottoir et tendaient les bras devant eux, comme s'ils ne voyaient pas à travers les mailles de la laine. Je levai la tête, comme eux. Les feuilles nouvelles des arbres, encore minuscules et rendues opaques par le poids de la neige, se recroquevillaient sur leur nervure principale.

Je montai trop vite, glissai en escaladant les rochers mouillés. Sans pouvoir me convaincre de ralentir, trempé sous mon chandail, j'arrêtai mon esprit sur les bruits sourds des paquets de neige tombant des pins, plissai des yeux à la limite de l'invisible dans les longues trouées de lumière. Un filet d'eau, le début d'un torrent, emportait avec lui des caillots de glace. Je n'ai qu'une idée vague de tout ce que je vois, pensai-je. Je ne connais à peu près rien de vérifiable même d'un caillot de glace. Quelque chose bruinait du haut des arbres — des gouttelettes d'eau, de sève?

Refusant le banc de la halte pour promeneurs, je lus tout de même, en diagonale, les conseils et avertissements gravés sur un panneau verni. Devant le banc, un cercle de pierres enfumées encadrait des cendres mouillées et quelques boules de papier d'argent bien serré.

J'évitai le plus possible de considérer le sommet arrondi de la montagne, usé déjà par trop de regards. Je suivis des yeux, sur la neige le long du sentier, les traces fines, intermittentes, d'un animal. Une fois sa piste perdue pour de bon dans l'affleurement d'un tapis de feuilles boueuses, je m'immobilisai sur l'arête d'un bloc de granit.

Puis j'allai m'asseoir un peu plus loin, près d'un bouquet de bouleaux à papier. Je savais qu'elle était probablement dangereuse à boire, mais je fis fondre une poignée de neige dans ma bouche en regardant les rues en contrebas, les vitres brillantes de l'édifice gouvernemental. Sur une route au loin, presque dissimulée par l'éclat du soleil, une longue file d'autos. Un barrage routier peut-être, on recherchait quelqu'un. Plus loin encore, le voile de crasse d'une vraie ville, vingt fois, trente fois plus grosse que la petite capitale sous moi, brouillait un coin de l'horizon.

Je tournai souvent la tête pour regarder les feuilles naissantes des bouleaux derrière moi. Elles tremblaient dans l'air. Mais je ne voulais plus de l'amollissement, de la vieille langueur; cela aurait été un affront trop grand à ce qui se trouvait là. J'étais de toute façon venu pour autre chose.

Les bruits m'arrivèrent d'abord indistincts, et sur une drôle de fréquence. Jusqu'où les sons montent-ils? Au-delà de l'atmosphère? Ou cessent-ils d'exister tout à fait sans laisser d'écho nulle part? Une voix d'enfant et deux voix de femmes. Je fis semblant, le plus longtemps possible, de ne pas les entendre. Je visai un point devant moi, un pli de roches. Puis je me résignai à me retourner, à leur rendre sourire pour sourire. Les cheveux courts de la mère faisaient une sorte de casque sur sa tête. La fille portait la même coiffure mais en moins foncé. Dodu, excité, le jeune fils marchait en tête. Je compris à sa manière de me détailler que la mère se demandait qui j'étais, et surtout ce que je faisais là, tout seul. Rendu presque à ma hauteur, l'enfant se mit à jeter de petits cris, à la fois d'alarme et de bonheur, en agitant la tête à l'intention des deux femmes, pour s'assurer qu'elles ne manquaient rien du spectacle.

Un lièvre changeant, que je n'avais pas su repérer, restait là, immobile sous un buisson, à quelques pas de la main tendue. Son œil glacé regardait ailleurs, voyait sans voir.

Le village se trouvait à une heure de marche après le sommet arrondi, une heure plutôt facile dans une longue vallée sans ruisseau, une alternance de massifs de pins blancs et d'anciennes clairières envahies par les arbustes. Une des montagnes jetant sa masse d'ombre sur tout le reste, le soleil ne mouchetait que les plus hautes branches des pins.

Je crus, en voyant la première des constructions recouvertes par la forêt, qu'il ne s'agissait que d'un bout de mur en pierre. Je mis la main sur un vague débris de mortier, avançai à pas comptés au milieu de ce qui avait dû être un chemin, repoussai le sentiment de me trouver devant une photo que l'on regarde à la loupe pour y entrer. Au fond d'une dépression, deux murs éventrés mais encore debout faisaient le coin, abritant une cave remplie de feuilles décomposées, trouée d'arbres plus vieux que moi. Une épaisse couche de glace enserrait deux troncs dans l'ombre tenace de l'encoignure. Je frappai dans mes mains. La haute voûte de branches enchevêtrées me renvoya le son tel quel.

Je compris pourquoi la serveuse et les trois hommes du restaurant m'avaient dit que plus personne ne prenait la peine de se rendre jusqu'à cet endroit. Je traversai les ruines du village sans envie aucune de retrouver à l'aide du plan photocopié que j'avais en poche le site de la maison que T.C. Green avait construite de ses mains.

Je m'arrêtai près d'un pin plus gros que les autres. Son écorce était encore tiède dans l'air refroidi. Appuyé contre lui, je me frictionnai tant bien que mal pour me réchauffer. Les vestiges de présence humaine autour de moi, ces caves aussi béantes que des tombes dévastées, de

66

plus en plus ternes dans le demi-jour, me dégoûtaient. Et pourtant, je ne pus refréner un mouvement de sympathie pour tous ces inconnus, rendus à la poussière depuis longtemps, qui avaient dû abandonner leur village avant même de réussir à le faire vivre. La veille ou l'avant-veille, en parcourant les longues lettres un peu fastidieuses du maître à penser, l'idée de leur ferveur mêlée de détresse m'avait fait sourire, leur échec n'étant encore pour moi qu'un échec parmi d'autres, un village abandonné parmi les dizaines de villages abandonnés des Montagnes Blanches et des Montagnes Vertes. Maintenant je ne savais plus rien. Au milieu de la forêt de plus en plus sombre, je ne savais rien, la forêt que depuis toujours je n'avais voulu connaître que sauvagement, comme la musique, juste quelques noms d'arbres et d'animaux appris au hasard et sans m'en rendre compte. Qu'est-ce qui me restait des connaissances que j'avais tenté d'accumuler de façon plus concertée, à quoi servait l'existence étroite et policée dans laquelle je m'étais réfugié? De quoi avais-je eu peur? Le soleil ne dorait plus que les nuages effilochés passant au-dessus des branches. Celui que j'avais voulu devenir n'allait nulle part.

Dans la lumière du buisson qui rugit, je regarde ma main, je lance le bidon écaillé vers les arbres, vide.

Une chambre forte défoncée. Une ruche éventrée plutôt. Le miel coule, liquide, le long des murs brisés, des poutres, d'un escalier. Les flammèches se perdent dans les rayons, mêlées à la fumée grasse, rouge et mordante qui monte en nuage. Il n'y a plus d'avant-toit, plus de façade. Un nouveau coup de vent révèle, à travers les voiles de flammes, l'or et l'argent, trésors qui laissent sur la rétine des traînées de lumière.

Je me retourne pour dire quelque chose. Marc se tient juste derrière moi, debout sur un tas de débris de métal. Il me domine. Il a le visage bouffi et ne quitte pas le brasier des yeux. Si je m'écoutais, si je le saisissais à bras-le-corps pour l'immoler, le jeter dans les flammes, je sais qu'il le permettrait. Loin derrière, à la limite du cercle de lumière, des vaches forment un troupeau serré. Leurs yeux luisent. D'autres les rejoignent, aussi muettes que les premières.

Le plafond décrépi d'une chambre, à l'étage, grince et s'écroule, puis un angle du mur au papier peint fleuri. Le feu réfléchit un instant, décrit de nouveau les mêmes circonvolutions, cérémonieux. Aucune matière ne lui résiste.

Il sait où il va gonfler ses muscles, faire rouler ses vagues, mais ne le laisse pas deviner. Nous respirons l'odeur rance de la noirceur qui flambe. Elle se donne au feu comme s'il montait d'elle. Nous écoutons les vociférations intermittentes et sourdes, comme venues du sol, les cris haineux d'une foule qui s'avance au cœur du brasier, nous absorbe.

Inachevable, il nous rapetisse, nous sommes moins que des insectes devant lui. Les feuilles du grand mur d'arbres s'illuminent, papillottent. Nous n'avons jamais été aussi parfaitement invisibles, contre tous. Une contraction d'abord dans le ventre, puis dans le creux de l'arc des jambes, puis au creux de tout ce que nous sommes. Les bouquets de flammes se réfléchissent sur Marc, sur son pyjama, sur son visage.

Nous ne voyons, de loin, en rentrant chez nous, que le moteur abandonné se profilant sur ce qui reste de flammes, le cèdre roussi, une poutre encore debout qui se couvre d'écailles incandescentes lorsque le vent repasse. Marc va devant. Je le rattrape pour planter mon nez dans ses cheveux. Je dis qu'il faut vérifier si nous sentons la fumée, mais il secoue la tête en grommelant, comme piqué au vif, il ne veut plus de ce geste familier. Et je n'arrive pas à briser cette résistance, à dire quoi que ce soit.

Le lendemain matin, il y a beaucoup de gens des alentours, un fourgon noir aussi. Nous venons voir comme tout le monde. L'amas de poudres blanches et grises qu'est devenue la cave continue de fumer. Il ne vente plus. Les gens parlent tout bas. On entend aussi une sorte de cliquetis, le son flûté des braises qui finissent de se consumer sous la cendre.

Marc s'approche du trou. Je reste derrière, comme si

cela ne me regardait plus. Il se penche pour ramasser des clous carrés bleuis sur une pierre. Je regarde ses mains minuscules. C'est à ce moment-là, précisément, que Marc s'éloigne de moi, ou plutôt que je me coupe de lui. Car je sais déjà, dans le matin de cendre grise, que c'est trop pour moi, que j'abandonne. Il devra continuer tout seul, je l'abandonne à son sort. Le sentiment est sans mot, indéfini, mêlé de frayeur et d'une honte sourde. Un homme en uniforme vient dire à Marc qu'il n'a pas affaire là et d'aller jouer ailleurs.

Une nuit qu'ils étaient là, entre deux disparitions, un atome dur et noir au centre de la cage thoracique me réveilla, comme les nuits précédentes, aux petites heures avant l'aube. Je n'arrivai pas à me rendormir. La lettre commencée ce jour-là, une lettre pour Suzanne, s'était récrite par morceaux dans mon sommeil, laborieusement. Je m'habillai de mes vêtements froids, de façon machinale, sans m'arrêter pour comprendre ce qui me poussait aux épaules. Je ne faisais attention qu'au goût que j'avais dans la bouche et à l'égaiement retors des os qui provient d'avoir peu, et mal, dormi. Je ne mis ni bas ni souliers. Je marchai comme sur une croûte de neige cassante, l'effroi furtif m'excitant confusément, m'aidant à m'avancer au plus près de ce que je ne voulais pas voir.

Le bouquet sur la commode de leur chambre faisait une tache claire, un bouquet hideux de fleurs sauvages séchées qu'ils avaient décidé, pour rire, de laisser là; je n'avais pas pu le cacher dans un tiroir comme j'avais fait avec les fleurs des deux autres pièces. La vitre du téléviseur reflétait, de manière indistincte, mes jambes. J'écoutais. Je n'arrivais pas à entendre leur respiration, à les entendre dormir. Derrière les rideaux ajourés, le store baissé battait légèrement puis se froissait, aspiré par l'air du dehors. Des autos passaient, davantage à portée d'oreille, me semblait-il, dans leur chambre que dans la mienne. Je reconnaissais dans l'air une odeur presque imperceptible, pas celle des lieux mais une autre, comme une odeur d'écorce ou de feuille, son odeur à lui. Gabrielle était ensevelie tête comprise sous les couvertures, blottie contre Marc. Je ne pouvais rien voir d'elle. Mais elle, peut-être, m'observait par une ouverture entre deux plis.

Étendu sur le dos, il avait le visage à découvert, blanc et désarmé, les traits un peu empâtés par la nuit, l'amorce d'un sourire sur les lèvres. Il souriait à ce qu'il voyait dans son sommeil. Une petite tache de sang séché, triangulaire, pointait juste sous la ligne des cheveux.

Une chose me vint à l'idée, une chose importante que je me promis de ne pas oublier: elle se dissipa aussitôt. La lumière vibrante et piquetée de la nuit avait déjà commencé à tourner; le bleu de l'aube faisait une bande à peine embrumée sur l'appui de la fenêtre. J'avais les pieds glacés. Il dormait bel et bien, mais je savais qu'il pouvait à tout instant ouvrir les yeux, me dévisager — moi silhouetté au-dessus d'eux —, se lever d'un bond. Il se trouvait là tout entier, la vie même. Mais rien de ce qu'il était ne se laissait voir. Il avait son visage d'enfant. Je reçus l'impulsion très nette, violente, de me sauver, de disparaître moi aussi, tout de suite. Je tournai les talons et il remua. Il eut, comme je sortais de leur chambre, un soupir abandonné, heureux, de dormeur.

Je n'ai pas réussi à leur échapper. J'en savais à la fois trop et trop peu. Souvent au cours des semaines précédentes, j'avais retrouvé un certain calme en me racontant que leurs disparitions n'étaient que des mises en scène pour me troubler ou me faire enrager. Je ne pouvais plus m'aveugler de la sorte, ou me contenter de prendre la fuite. Il fallait découvrir pour de bon ce dont je me doutais trop bien, connaître les règles du jeu auquel ils ne m'inviteraient jamais à prendre part. Autre chose aussi me retenait, une tension nouvelle entre eux, de plus en plus évidente.

Je m'étais attardé, un soir, au comptoir de la banque transformée en restaurant; j'avais échangé quelques mots avec la serveuse aux pores dilatés. Ils étaient déjà attablés devant leurs frites et ne me virent pas lorsque je m'approchai. Ils avaient pris l'habitude de se taire, ou du moins de changer de ton et de propos dès que j'apparaissais. Marc était recroquevillé au-dessus de la table, la tête penchée sur son plateau, presque dans l'attitude d'un écolier qui se fait engueuler. Aucune humiliation pourtant ne passait sur son visage, juste un air à la fois défiant et rentré. Les doigts tendus, écartelés en étoile, Gabrielle parlait doucement mais s'exaspérait. Elle se retenait de crier, je crois, butait contre lui. Je n'entendis rien de ce qu'ils disaient, mais je

75

vis qu'il ne cédait rien, qu'il laissait passer l'averse. Il ne fit que froncer le nez avec l'expression de stupeur que l'on arbore fugitivement en succombant au vertige d'un début de rhume. Il échappait à Gabrielle autant qu'à moi.

Quelques jours plus tard, en me levant, je trouvai Gabrielle installée à la table de la cuisinette, absorbée comme souvent dans la lecture du journal local que je laissais traîner. Marc dormait encore. Dehors il faisait gris, le vent soufflait des tonsures errantes dans l'herbe de la butte. Je me penchai derrière elle pour voir ce qu'elle lisait. Elle ne broncha pas. Je lui demandai ce qu'elle cherchait dans les petites annonces. «Écoute», dit-elle. Elle repoussa une boîte de pêches en conserve mangées distraitement, secoua le journal pour faire craquer la page, puis me lut l'annonce d'une maison à vendre. Rien d'autre ne l'intéressait dans les journaux. Elle imaginait les maisons à l'aide des trois ou quatre lignes rédigées par leurs occupants. Elle ajouta que je devais garder ça pour moi, Marc rirait d'elle. Je lui demandai si elle avait envie d'aller voir cette maison-là, celle de l'annonce.

Elle parla de son père, elle qui ne me parlait pas davantage que Marc, c'est-à-dire presque jamais, elle me parla de son père en se maquillant dans la salle de bain. Je crus comprendre qu'il l'avait ignorée, peut-être méprisée. J'étais appuyé au chambranle, juste derrière elle, dans le champ de son regard; son œil ne quittait pas un seul instant la mince ligne noire dont elle l'encerclait. Lorsqu'elle se penchait, les vertèbres de son cou saillaient.

Il fallait sortir de la ville. La maison à vendre se trouvait dans une sorte de banlieue en forme de croissant brisé sur la carte routière. De loin en loin sur l'asphalte devant nous s'étiraient de longs ovales d'eau brouillée.

Le volant était sale et collant. Je cherchais à savoir — sans y arriver — si elle aimait Marc, ou s'il la manipulait

76

autrement. Y avait-il autre chose? J'avais de la difficulté à me les représenter subissant des pressions de l'extérieur: Marc n'était pas du genre à contribuer à quelque action commune que ce soit, nul autre que lui-même ne pouvait être en cause. Un seul témoin, un seul complice lui suffisait.

Gabrielle me voyait venir avec mes silences et elle me ramenait habilement sur une autre pente. Elle m'offrait comme des cadeaux des révélations sur son passé. Elle raconta qu'elle avait abandonné son travail de danseuse dans un bar près de Montréal à cause d'une autre danseuse, sa meilleure amie, mineure elle aussi. Lorsqu'elle dansait aux tables, celle-ci permettait à certains clients, ceux qui payaient bien, de la caresser du doigt. Les autres danseuses menacèrent de l'amocher lorsqu'elles se rendirent compte qu'elle était trop en demande; aiguillonnées par les insultes, elles passèrent tout de suite aux actes. C'est avec cette amie que Gabrielle avait quitté Montréal. Elle marqua un temps avant de se détourner, me laissa deviner — pourquoi? — ce qui se cachait au cœur de son audace, comme un besoin de courir après les situations impossibles. Pour punir qui? Pendant le long silence qui suivit, je tentai de m'habituer à l'idée que pouvaient se maintenir chez elle, au milieu de pulsions sans doute aussi irrépressibles que celles de Marc, des rêves de maison.

Elle était entourée d'un mur de pierre assez bas, sans doute construit à grand renfort d'obstination, de congés fériés et de mortier vite effrité. Les sinuosités inutiles d'un sentier pavé de tranches de rondin menaient à des marches de béton sale.

Le propriétaire avait tendu une main toute chaude, comme s'il l'avait pétrie dans l'autre. De toute évidence, il trouvait bizarre le manteau de Gabrielle. Il se contorsionnait la face pour dégager avec la langue un morceau de nourriture coincé entre ses dents. C'est avec lui que nous avons fait le tour des pièces, marché sans parler sur les moquettes usées par endroits.

La femme de la maison flottait dans une robe de nuit coupée dans un tissu presque phosphorescent. Avec de petits gestes secs, elle déplaçait des ustensiles, vidait des tasses dans l'évier de la cuisine. Elle ne se donna pas la peine de nous regarder. L'homme nous suggéra de visiter le sous-sol sans lui.

Une veste de ski graisseuse pendait à un clou. Nous avons touché le mur de béton fendillant, respiré leurs odeurs intimes refoulées dans la cave, amalgamées à celle du mazout et à celle qui monte tout droit des commencements bourbeux du monde. Les deux enfants, surexcités, jouaient, jusqu'à s'essouffler, à monter et descendre sans relâche l'escalier juste au-dessus de nos têtes. J'entendis le garçon produire un ricanement haineux, contre nous sans doute, un ricanement de solidarité familiale. Il meugla ensuite quelques mots à l'intention de sa sœur, en gardant un chat dans sa gorge, et il donna de la voix en faisant crisser sur le vernis d'une marche le caoutchouc de ses semelles. Gabrielle se retourna vers moi de but en blanc. La brusquerie du geste me fit sursauter. Elle dit tout bas qu'il fallait sortir de là, au plus vite. Son regard me fouillait. Comme si je pouvais deviner ce qui se passait en elle, ce qu'elle voulait de moi.

Ils ne devaient me planter là qu'une fois de plus.

Jours de vent tiède à regarder la télévision, à lire n'importe quoi et à profiter de l'illusion de liberté que donne la promenade au hasard. Je passais quelques heures chaque jour dans l'unique parc municipal. Le vert s'y étalait plus touffu que dans les montagnes. Les animaux avaient pris l'habitude de quêter dans ce jardin bordé de maisons blanches et d'églises en bois. Les écureuils, les moineaux, les canards de l'étang, les pigeons: ils s'amenaient tous, tantôt serviles, tantôt récriminants.

Je ne terminai pas mes recherches, je ne retournai pas aux archives de l'édifice gouvernemental. J'avais, de toute façon, été payé d'avance presque en entier. Je louai une bicyclette et parcourus souvent l'une après l'autre chaque rue de la ville, épuisai tous les lieux ouverts à quiconque ne peut rentrer chez lui dans aucune des maisons.

Ils arrivèrent en trombe à la fin d'une nuit, vers cinq heures du matin. Je ne sais plus qui des deux m'a secoué, sorti d'un demi-sommeil crispé. Le visage défait dans le jour poussiéreux, ils allaient, venaient, ramassaient tout avec une efficacité muette qui ne leur ressemblait pas. Gabrielle dit qu'il fallait décamper, tout empiler en vrac dans l'auto. Je mis la main sur son front moite et rond: la chaleur accablante d'un enfant qui dort. Elle commença à dire qu'ils avaient été vus, de près. Marc l'obligea à se taire.

Je ne garde des heures suivantes qu'un souvenir imprécis. Le pressentiment, chaque jour plus oppressant, l'appréhension de ce moment m'avaient rendu le cerveau passablement cotonneux. Maintenant que le réel se mettait à bouger vraiment, à me faire bouger avec lui, j'oubliais tout ce que je savais faire, à peine conscient de ce qui m'arrivait. Je ne pouvais poser que les gestes les plus simples, ceux que l'immédiat réclamait absolument. Je n'étais capable que d'impressions élémentaires, un peu floues, imbéciles. Je me surpris par exemple à me trouver moins malheureux ou catastrophé que j'aurais dû l'être.

Je me fis une coupure profonde au pouce en m'accrochant à quelque chose dans le noir du coffre. Occupé à faire arrêter le sang, j'eus un moment de lucidité: la façon singulière qu'avait Marc de se déplacer, comme s'il devait lui aussi se concentrer pour ne pas se perdre en gestes inutiles, et le mot «Sud» qu'il dit, «descendre dans le Sud»: il y avait de la mort là-dessous maintenant, un mort — des morts? Je n'eus pas l'intelligence cependant de comprendre les raisons de ce retour, pourquoi ils s'étaient donné la peine de venir me chercher. Je n'eus pas assez de présence d'esprit pour refuser de partir avec eux, pour leur dire de disparaître pour de bon. Une telle idée ne me serait jamais venue.

Le moteur avait été forcé. Des vapeurs d'essence s'insinuaient dans l'auto, montaient à la tête. Je me rendis compte, juste avant de mettre le contact, que les oiseaux chantaient. Je sentais mon pouls battre, térébrant, à travers ma blessure à la main.

Descendre dans le Sud. Des traînées de brume rampaient sur la route, grimpaient lentement aux arbres. Une

80

auto nous dépassa, l'homme me dévisagea. Marc et Gabrielle essayèrent de s'étendre, de fermer les yeux au milieu des vêtements entassés sur la banquette arrière. Je proposai de s'arrêter une minute pour prendre des cafés et des sandwichs dans un restaurant pour camionneurs. Marc refusa net et je ne dis plus rien. Mon silence, à la longue, effraya Gabrielle, j'en suis sûr. Elle s'attendait sans doute à ce que j'explose ou fasse changer de quelque manière le cours des choses. Mais il était trop tard. Tout ne pouvait plus que dégénérer, Marc y avait déjà vu, mis tout son poids.

Il a fallu arrêter à un péage. Avant de me tendre la monnaie de mon dollar, l'homme, d'une soixantaine d'années, éternua, cracha sur le rebord de son îlot de ciment puis tira la langue pour la passer en la rentrant au peigne gras de ses dents.

Marc se mit à jeter des regards circulaires lorsque le soleil pointa au-dessus des montagnes. Une lumière violente entra dans l'auto, promena sa douleur sur nous, sur toutes nos affaires. Sa nervosité n'avait rien d'étonnant. C'était l'évidence de son euphorie qui m'écrasait, l'espèce de triomphe qui l'échauffait. Je savais que sa rage avait peu à voir avec celle — éphémère, hormonale — de l'adolescence. Elle était plus ancienne, infantile, issue du lieu liquide en nous, le lieu du geste premier — le plus juste, le moins réfléchi des mouvements, à la fois le plus vide et le plus chargé de sens. Il souriait, mais pour lui seul. J'étais proscrit du lieu où il jouait sa vie.

Après une dizaine d'heures de route, je décidai qu'il était temps d'arrêter pour se laver, dormir. Surtout à cause de Gabrielle. Son état, son air abattu, effaré par ce qu'elle avait vu la nuit précédente, empirait. Elle était absente, malade. Rien de ce que Marc lui chuchotait ne semblait l'atteindre.

Je trouvai des poils humains noirs et frisés sur les draps du lit. Je me couchai en gardant mes sous-vêtements et m'endormis inopinément au bruit de l'eau remuée du bain de Gabrielle.

C'est une femme de chambre qui me réveilla avec un «*Good morning*» aussi cassant que la lumière qui venait de la porte grande ouverte. Elle n'était pas noire mais blanche, et grande, avec la même ossature que la propriétaire du motel que j'avais vue la veille dans un petit bureau attenant à sa cuisine. Ce devait être sa fille. Affalé dans un fauteuil de faux cuir rouge, Marc, déjà habillé, déchirait du papier en petits morceaux. Tandis que la femme s'occupait de l'autre lit et me regardait mettre mon pantalon, il m'annonça que Gabrielle était partie, en faisant de l'auto-stop.

Il ne restait plus rien d'elle dans la chambre. Ni dans l'auto. Ni vêtement, ni bracelet, ni odeur. Marc faisait exprès, comme si cela l'amusait, pour ne rien laisser voir. Il se contenta de dire qu'il fallait qu'elle parte, qu'il y avait trop de danger maintenant.

Je repris le volant, mal réveillé. Je ne pris pas la peine de lui demander si l'idée de partir sur la pointe des pieds, sans m'avertir, venait d'elle ou de lui. Je savais que nous ne la reverrions jamais. Je me retrouvais de nouveau seul avec Marc, son silence, tout ce qui devait aller sans dire.

Un chien noir occupait toute la vitre arrière de l'auto qui roulait devant nous. Il cherchait son souffle, nous regardait, la langue pendante. Des camions chargés d'une terre sableuse soulevaient des rafales de poussière. Un monomoteur passa juste au-dessus de nous, comme pour ajouter à l'insupportable, puis atterrit tout près sur une piste d'herbe rase. J'évitais de tourner la tête vers Marc. Il m'étudiait à loisir, je pense même qu'il me trouvait un peu comique; il était, ou faisait mine d'être, moins nerveux que la veille, sentait à je ne sais quel signe que les choses allaient comme il voulait.

Des travaux de réfection nous obligèrent à quitter l'autoroute. Nous longions la mer depuis longtemps mais sans trop nous en rendre compte. Je l'aperçus quelques secondes en empruntant la voie d'accès à la ville, une station balnéaire de la Caroline du Sud. Les petites maisons se ressemblaient toutes et l'espace entre elles était partout méticuleusement le même. Il y avait quelques palmiers rabougris devant le centre commercial, une profusion d'arbustes en fleurs sur les parterres, des arbres au tronc enduit de blanc. Quelqu'un devant nous tapota légèrement son avertisseur pour saluer une connaissance au passage, un vieil homme sur une échelle, qui était en train de redresser une gouttière à coups de marteau. Le vieux se retourna mais trop tard, il fit un clignement de myope dans notre direction à nous.

Marc souriait encore, malgré lui je pense. Quelqu'un

84

était mort peut-être, il ne me le dirait jamais, et il souriait. Je serrais le volant par moments, les mains humides. Je me disais que les crénelures du volant suppléaient aux vertèbres friables de son cou; j'aurais voulu éclater de rire. Un film rosâtre et comme plastifié s'était formé sur ma coupure au pouce. Loin, sur l'argent virulent de la mer, presque vaporisés, deux navires gris. Pourquoi n'ai-je pas écrasé mon poing dans sa petite face? Ce geste si simple et qu'il semblait appeler, ce geste qui allait de soi pour mettre fin à son sourire amusé était inimaginable, hors de ma portée. J'étais paralysé par ce qui crevait les yeux et que je n'avais pas réussi à déchiffrer plus tôt: ma présence lui était nécessaire, il tenait à moi. Il était rentré dans ma vie pour me ramener de gré ou de force dans la sienne, la nôtre. Il n'avait pas le moindre plan en tête pour nous sortir de là, il n'envisageait aucune issue, c'était évident. Il ne voulait plus qu'une chose: me faire partager ce qui l'attendait, me voir sombrer avec lui.

La nuit suivante, nous avons trouvé un bout de route abandonnée où nous arrêter pour quelques heures. Je baissai ma vitre pour respirer l'odeur alors si énigmatique, maintenant si familière, l'odeur des marais du Sud confondant l'âcre, le sucré et le pourri.

Il était passé minuit. Marc dormait sur la banquette arrière, enroulé dans sa couverture rouge. Je vivais dans une sorte d'hébétude depuis deux jours mais je n'étais tout de même pas sans savoir qu'il fallait se débarrasser de l'auto, que c'était elle qui nous trahirait, nous ferait repérer. Marc avait refusé même d'en parler.

La noirceur était telle que j'avais l'impression de marcher seul la nuit pour la première fois. Il n'y avait pas de lune, pas un bruit, pas une lueur sur l'autoroute au loin, pas un cri d'animal. La route abandonnée s'élevait en butte incertaine au milieu des marais. Je croyais distinguer dans l'étendue imprécise autour de moi des moutonnements de buissons vite entremêlés aux longues herbes. Il y avait aussi une masse sombre plus loin, peut-être un mur de brousse. Je n'avais sur moi que mes vêtements, ma montre et ce qui me restait d'argent. J'eus la sensation trompeuse de redevenir brutalement présent au monde, un peu comme lorsqu'on se casse un membre. Cette sensation ne devait pas durer. Pour l'instant l'humidité de l'air, la hauteur des étoiles brouillées me portaient: une sorte de malheur euphorique. J'écoutais mon souffle, mes pas; j'étais en vie, un être parmi tous les êtres qui dormaient ou gardaient le silence, tapis dans les longues herbes.

Marc continuait sans doute de dormir à poings fermés dans l'auto. Il croyait me tenir. Il me croyait incapable de l'abandonner de nouveau à son sort. Comme pour ne pas rompre tout contact avec lui, je suivis la seule idée, la seule directive plutôt, qu'il avait émise. Je descendis encore plus au sud, sans m'éloigner de la côte. L'autocar que je pris le lendemain matin était presque vide.

Son arrestation, quelques jours plus tard, était inévitable. Je ne fus pas étonné lorsque Suzanne m'apprit qu'il me désignait comme son complice.

86

Marc avait vu juste, et loin. Il n'est pas impossible, sur la côte des États du Sud, de vivre en effaçant ses traces. J'y suis arrivé sans trop de problèmes pendant quatre ans, jusqu'à ce qu'il me débusque lui-même.

Ce soir le plancher de ma chambre, les os de mes pieds, les chaises, vibrent. Des sons graves et nauséeux agitent par moments un filament de métal ou de matière plastique au-dedans du téléviseur. Il y a une réception dans la grande salle du rez-de-chaussée, juste sous moi. Quelques invités débordent sur la terrasse. Appuyés à la balustrade, trois enfants finissent de manger ces pâtisseries poudrées que l'on ne trouve qu'en Floride. Ils hésitent un peu puis se décident à descendre sur la plage dans leurs vêtements crêpés d'enfants donnés en spectacle. Ils rejoignent deux garçons en maillots occupés à creuser le sable. L'air venteux reprend à cette heure-ci la couleur de la rouille neuve, et les oiseaux blancs indécis, devenus presque muets, tournoient au-dessus des vagues comme par désœuvrement. Le plus grand des enfants endimanchés lève un bras pour renifler son aisselle. Les mains dans les poches, faussement désinvoltes, les deux autres donnent leur avis à ceux qui creusent. Deux trous côte à côte. Un petit, pas plus gros qu'un melon, et un autre plus grand, aussi long que le corps du garçon qui s'y couche, constate qu'il n'est pas assez profond, creuse encore. Je sais ce qu'ils font. J'ai vu cinq ou six fois au cours des derniers mois d'autres enfants exécuter les mêmes gestes, transmis sans doute d'une génération d'enfants à l'autre, ou empruntés à un film que je n'ai pas vu. Les deux garçons en maillots se couchent enfin pour de bon, avec un bras de distance entre eux, et les trois autres commencent, précautionneusement, à ensabler le premier.

Ils tentent d'abord de faire disparaître les orteils. L'enfant les remue malgré lui, le sable mollit puis s'écroule. Le plus grand des endimanchés, celui qui a pris les travaux en main, s'impatiente. Je me surprends à m'impatienter aussi, à accomplir en pensée les gestes qu'il faut. Il s'agit d'effacer non seulement le corps mais aussi toute idée de sa présence, tout soupçon de renflement ou de tumulus. Seule la tête doit émerger sans avoir l'air d'émerger. On reforme sur le corps enseveli les petites dunes, les mouvements fortuits du sable sec sur la plage, les vagues traces de pas. On jette de-ci de-là des débris d'algues et de cigarettes, les morceaux déchirés d'une tasse de carton. L'enfant respire à peine pour que rien ne bouge ou craquelle du poids de sable sur son ventre. Même s'il le voulait, il ne pourrait pas se déprendre tout seul, se défaire des milliers de grains formicants insinués dans chaque repli de sa peau.

Enfin, il n'a plus que sa tête. Au bout du bras étendu de l'autre enfant qui, lui, perdra la sienne. Il la renverse dans le trou aussi petit qu'un melon et on la voile avec un bout de serviette avant de la recouvrir d'une couche mince de sable, presque convaincante. On ne recouvre pas le reste de son corps. À travers les mailles assombries du tissu sur son visage, il devine la lumière mouchetée de l'envers de la croûte terrestre, l'éclat sec et bruyant du quartz. C'est à peu près réussi. Un décapité en maillot de bain tient par les cheveux, au bout de son bras étendu, sa tête tranchée. La tête ne devrait pas plisser des yeux.

Un couple descend sur la plage pour aller voir de plus

88

près. La femme manque de tomber en marchant dans le sable, jette un cri puis crève de rire, se contracte toute. Elle s'accroche au bras de l'homme, lui donne son verre et ses souliers. Elle lui dit quelque chose à l'oreille. Maintenant elle se penche au-dessus du corps de l'enfant sans tête, soulève le bord de son maillot du bout du doigt, le menace peut-être de le lui enlever pour voir s'il va broncher. L'homme revient vers la terrasse avec les deux verres et les souliers. Il avance dans le sable d'un pas fatigué, comme exaspéré par la vie même. Des lunettes pendent à l'échancrure de sa chemise. Il a peut-être le même âge que moi, mais il fait gros déjà. Il a l'œil éteint, dégoûté.

Le vacarme, la musique d'en bas n'a pas diminué, mais le téléviseur vibre un peu moins, peut-être parce que je l'ai allumé. Il m'arrive parfois, grâce aux quelques retransmissions en langue française, de voir Suzanne travailler, faire une entrevue. J'ai pu voir ses cheveux, au cours des quatre dernières années, passer du blond au brun, puis au roux. Elle ne m'appelle presque plus maintenant. Lorsque moi j'appelle, on me répond qu'elle n'est pas là. Elle a trouvé auprès d'un autre l'amour qui m'a affolé, poussé à fuir dès qu'il est survenu entre nous. Même si elle voulait encore de moi, je ne pourrais plus rentrer dans son monde. Jamais je ne me permettrais de la mêler à ce qui se prépare.

L'homme est redescendu sur la plage. Il a un appareil-photo dans les mains. Il s'accroupit, cherche le meilleur angle, fait signe aux autres de sortir du cadre. La femme s'accroupit juste derrière l'homme, effleure sa nuque. Ils sont troublants, une seconde, avec leurs deux enfants étendus, si ce sont les leurs, dans la longue bande de lumière rougie qui passe entre mon hôtel et l'hôtel voisin.

Je tiens dans ma main depuis tout à l'heure l'étui, en plastique éraflé, des verres de contact qu'une cliente du

89

restaurant a oublié, il y a quelques mois, sur l'allège de ma fenêtre. Le contenu des quatre tiroirs de la commode se trouve renversé pêle-mêle sur le lit. J'ai passé le plus clair des deux derniers jours enfermé ici. Sans dormir. Un étudiant me remplace au restaurant; il ne se doute pas qu'il en a pour longtemps à me remplacer.

Marc arrive demain. Même si j'en avais encore le temps, je ne parviendrais pas à trouver le moyen ou le goût de me dérober. Je n'ai plus devant moi que le geste qui me reste à faire, celui que la fatigue et chaque heure qui passe rendent plus tangible, irrévocable.

Ma main ne tremble plus. La peur qui me coupe le souffle depuis son appel, depuis toujours, se dissipe peu à peu. C'est mon frère lui-même qui m'en défait en rentrant de force dans ma vie une nouvelle fois, en me poussant jusqu'à la limite, jusqu'à l'accomplissement de ce qui nous lie. Je ne vais pas fuir encore, je ne peux que l'attendre ici. Je ne veux plus lui refuser ce qu'il attend de moi. Il a senti que le fruit est mûr. Il sait que je suis enfin prêt à lui donner la mort.

Le deuxième ensablé se relève lourdement au milieu du cercle de curieux qui s'est formé autour de lui. Il piétine ce qui reste des deux trous, leurs rebords, regarde l'habit mat et granulé qui lui colle à la peau. Il essaie de secouer son maillot, y renonce. Il s'en va vers l'eau maintenant, échappe enfin à l'ornière humaine. Il s'arrête un instant, observe son reflet sur le sable dur et mouillé par les vagues.

90

HORS COLLECTION
titres disponibles

Claude Beausoleil, *Dead Line*
Michel Bélair, *Franchir les miroirs*
André Ber, *Segoldiah*
Paul-André Bibeau, *La tour foudroyée*
Julien Bigras, *L'enfant dans le grenier*
Marcelle Brisson, *Par delà la clôture*
Roland Bourneuf, *Reconnaissances*
Marielle Brown-Désy, *Marie-Ange ou Augustine*
Guy Cloutier, *La main mue*
Marie-France Dubois, *Le passage secret*
France Ducasse, *Du lieu des voyages*
David Fennario, *Sans parachute*
Jacques Ferron, *Les confitures de coings*
Jacques Ferron, *La nuit*
Lucien Francœur, *Roman d'amour*
Lucien Francœur, *Suzanne le cha-cha-cha et moi*
Marie-B. Froment, *Les trois courageuses Québécoises*
Louis Geoffroy, *Être ange étrange*
Louis Geoffroy, *Un verre de bière mon minou*
Robert G. Girardin, *L'œil de Palomar*
Robert G. Girardin, *Peinture sur verbe*
Luc Granger, *Amatride*
Luc Granger, *Ouate de phoque*
Pierre Gravel, *À perte de temps*
Jean Hallal, *Le décalage*
Jean Hamelin, *Un dos pour la pluie*
Thérèse Hardy, *Mémoires d'une relocalisée*
Suzanne Jacob, *Flore cocon*
Claude Jasmin, *Les cœurs empaillés*
Yerri Kempf, *Loreley*
Louis Landry, *Mémoires de Louis l'écrevisse*
Louis Landry, *Vacheries*
Claude Leclerc, *Piège à la chair*
Andrée Maillet, *Lettres au surhomme*
Andrée Maillet, *Miroir de Salomé*
Andrée Maillet, *Profil de l'orignal*
Andrée Maillet, *Les remparts de Québec*
André Major, *Le cabochon*

André Major, *La chair de poule*
Paul Paré, *L'antichambre et autres métastases*
Alice Parizeau, *Fuir*
Pierre Perrault, *Toutes isles*
Léa Pétrin, *Tuez le traducteur*
Jacques Renaud, *Le cassé*
Jacques Renaud, *En d'autres paysages*
Jacques Renaud, *Le fond pur de l'errance irradie*
Jean-Jules Richard, *Journal d'un hobo*
Claude Robitaille, *Le corps bissextil*
Claude Robitaille, *Le temps parle et rien ne se passe*
Saâdi, *Contes d'Orient*
Jean Simoneau, *Laissez venir à moi les petits gars*

COLLECTION DE POCHE TYPO

1. Gilles Hénault, *Signaux pour les voyants*, poésie; préface de Jacques Brault (l'Hexagone)
2. Yolande Villemaire, *la Vie en prose*, roman (Les Herbes Rouges)
3. Paul Chamberland, *Terre Québec* suivi de *l'Afficheur hurle*, de *l'Inavouable* et d'*Autres textes*, poésie; préface d'André Brochu (l'Hexagone)
4. Jean-Guy Pilon, *Comme eau retenue*, poésie; préface de Roger Chamberland (l'Hexagone)
5. Marcel Godin, *la Cruauté des faibles*, nouvelles (Les Herbes Rouges)
6. Claude Jasmin, *Pleure pas, Germaine*, roman; préface de Gérald Godin (l'Hexagone)
7. Laurent Mailhot, Pierre Nepveu, *la Poésie québécoise*, anthologie (l'Hexagone)
8. André-G. Bourassa, *Surréalisme et littérature québécoise*, essai (Les Herbes Rouges)
9. Marcel Rioux, *la Question du Québec*, essai (l'Hexagone)
10. Yolande Villemaire, *Meurtres à blanc*, roman (Les Herbes Rouges)
11. Madeleine Ouellette-Michalska, *le Plat de lentilles*, roman; préface de Gérald Gaudet (l'Hexagone)
12. Roland Giguère, *la Main au feu*, poésie; préface de Gilles Marcotte (l'Hexagone)

*Cet ouvrage composé en Times corps 12
a été achevé d'imprimer
sur les presses de l'Imprimerie Gagné
à Louiseville en mai 1987
pour le compte des
Éditions de l'Hexagone*

Imprimé au Québec (Canada)